伪造者

（美）布拉德福德·莫罗◎著

陈腾华◎译

新华出版社

图书在版编目（CIP）数据

伪造者 / (美) 布拉德福德·莫洛著；陈腾华译.
——北京：新华出版社，2017.10
书名原文：The Forgers
ISBN 978-7-5166-3504-9

Ⅰ. ①伪… Ⅱ. ①布… ②陈… Ⅲ. ①长篇小说－美国－现代 Ⅳ. ①I712.45

中国版本图书馆CIP数据核字（2017）第234250号

著作权合同登记号：01-2015-7704

伪造者

作　　者：[美]布拉德福德·莫洛　　译　者：陈腾华

选题策划：黄绪国　　　　　　　　责任印制：廖成华
责任编辑：李　成　　　　　　　　封面设计：臻美书装

出版发行：新华出版社
地　　址：北京石景山区京原路8号　　邮　编：100040
网　　址：http://www.xinhuapub.com
经　　销：新华书店、新华出版社天猫旗舰店、京东旗舰店及各大网店
购书热线：010-63077122　　中国新闻书店购书热线：010-63072012

照　　排：臻美书装
印　　刷：河北鑫兆源印刷有限公司

成品尺寸：140mm×200mm　1/32
印　　张：8　　　　　　　　　字　数：200千字
版　　次：2017年11月第一版　　印　次：2017年11月第一次印刷

书　　号：ISBN 978-7-5166-3504-9
定　　价：32.00元

一部出类拔萃的悬疑小说，以致命的谋杀引人入胜。小说充满神秘、吓人的信息，描述了纯净的文学界中高水平的文本造假。

（美）乔伊斯·卡罗尔·欧茨（《天堂的小鸟》作者）

布拉德福德·莫洛以神秘主义的完美在犯罪小说类型与主流小说之间找出一个耐人寻味的切入点。小说表现出对书籍以及书籍交易商的深刻认识，并且表现在成千上万生动和出人意表的字里行间，表现在主题和语言深度的驾驭之中。

《伪造者》只有莫洛可以写出来，也是他今天所达到的少见的震撼人心之大师水平。

（美）彼特·斯特劳勃（《鬼怪故事》作者）

对他来说，历史的真相并非发生了什么，而是我们认为发生过什么。

——乔治·刘易斯·博格斯：《皮耶尔·门纳德，〈唐璜〉的作者》

这种神秘、暴力和恐怖的循环所要传达的对象是什么？它必然指向某一个终点。或许还因为我们的宇宙由偶然性支配，不可思议的偶然性。终点又在何方？这种亘古不变的问题是人类推理至今无法解决的难题。

——亚瑟·柯南道尔：《纸皮箱历险记》

警方无法找到他的双臂。

几周以来，他们搜遍了蒙多克公路南边寒风凛冽的海岸。他们在数英里的海岸线上沿冰封的沙丘扇形搜寻，试图找到可能埋藏双臂的可疑沙丘。二月的雨雪和短暂的白昼光照缓慢地吞噬着沙滩上和逐渐凝冻的泥污上任何可疑痕迹，使他们的种种努力陷入徒劳。警方推测，假如攻击者把断肢抛进翻滚的波浪，很有可能会在退潮时分冲上海岸。如果海水没有把受害者的指甲冲刷干净，指甲里会残留可供法庭采信的证据。凌乱的犯罪现场表明，受害者极有可能曾经与攻击者搏斗过。可是，搜查依然无果，捆绑双腕的手臂有如双翅，飞越深不可测的大西洋，变得无影无踪。

在受害者胞妹的要求下，可怜的受害者被送到纽约医院的重病救助病房，在那里经受了十天的煎熬。受害者深陷昏迷，几无知觉。他无法告诉妹妹和警方他的遭遇。他是一个习惯于凌晨在书桌前静静地工作的人。警方估计，他是在后脑受到精准重击之后被肢解双手而失去知觉的。他海滩别墅的书斋地板上留下一大摊渐渐凝结的血液。

入侵者似乎是一个擅长行凶攻击的恶徒，又在极端情况下幸运逃脱。遇害现场没有强行闯入的迹象，用来击破受害者头颅的大理石擀面杖也来自屋内厨房。没有脚印，没有指纹，没有任何值钱的物件如金钱或珠宝首饰被盗。受害者从父亲那里继承下来的古董名表百达翡丽·卡拉特拉瓦仍然放在书桌上，没受到触动，与之相配套的二手静音器也在受害者的书桌上安静地放着。由于日出之前偶有嘈杂声响，加上海浪拍打的声音，初冬灰暗的晨光里邻居们看不清周边的东西。因此，一如消失的双手，入侵者似乎从人间蒸发了。那些不管天气变化每天有规律地在海边漫步的晨练者，那些迎着寒风凑成一堆牵着睡眼朦胧的宠物狗溜达的人，都没有意识到有异常情况发生。附近的人没有注意到有喊声、尖叫和摔打的声音，如果有，永无停歇的海浪拍打声也会掩盖这些声响。再者，这间屋子两边的窗户都关上了，窗帘也拉得严丝合缝。

清晨，邮差沿着日常的路线把世界各地寄来的包裹送来这个地址。他发现房门微微开着，似乎屋主人对寒冷的天气不管不顾。多年来，虽然邮差和受害人并非朋友，但至少也形成了相互了解的友好关系。眼前的景象显然不属正常。他先是轻轻地喊了一声，接着就一遍又一遍高呼起来。见到没有任何反应，他只好硬着头皮，战战兢兢地走进前厅。他多么希望这一切不会给他，也不会给任何其他认识的人看见。然而，他看见了，有个人横卧在屋里的尽头。随后，救护车和警车驶过狭窄的车道，停在别墅前面，呼啸的声音宛如流星击中教堂一般，打破了这个社区的宁静。躺在地上的那个人失去了双臂，但残存着一丝求生的欲望。

最使取证警员困惑不解的是，书斋地上杂乱无章地散落着一批手写的、年代久远的有关政治和文学色彩的信件以及手稿。珍本书籍散落一地，张开的封皮就像是一只只趴在地上的死鸟。从各种书上撕下来的题签单页飘落一地；林肯、吐温[1]、丘吉尔和狄根斯[2]以及亚瑟·柯南道尔[3]的文件手稿和其他十几种文件混在一起。大部分书籍和文件都遭到了破坏，或是揉成一团，或是溅上血液，又或是被古董级的墨水瓶里倾倒出来的墨水玷污。这些古董墨水瓶曾经整整齐齐摆放在书橱里，现在则凌乱倾侧。所有失踪的手稿或签名书籍都难以确定其数量。很明显，收藏者没有收藏清单，事后通过保险公司了解到的情况也表明这些书籍都没有投保。由于许多其他有价值的物件（包括书斋靠墙书架上的书）都没有被盗的迹象，因此，人们认为文学珍藏应该没有被盗走。可能解释的理由是，攻击者撕毁这么多有珍贵题签的书籍会不会仅仅是为了掩饰他要偷盗的其他东西呢？不，这不仅仅是一起盗窃事件，而是一起重罪案件，明显是一起肆无忌惮地摧毁珍贵财物以及对人身进行严重攻击并可能导致蓄意杀人致死的重案。

亚当·迪尔死了，他留下唯一可以向活着的人们诉说的证据是攻击者在他背后实施令人发指的残暴和危及生命的攻击。

1.Mark Twain，1835–1910，美国小说家，演说家，代表作品有《百万英镑》、《哈克贝芬历险记》、《汤姆历险记》等。——译者注（下同）

2. Charles John Huffam Dickens，1812–1870，英国作家，主要作品有《大卫 – 科波菲尔》、《雾都孤儿》等。

3. Authur Conan Doyle，1859–1830，英国作家，因福尔摩斯侦探小说出名，侦探悬疑小说的鼻祖。

那天，我悲痛地获悉他死了。假如仁慈的上帝让他苟且活着，面对静默和手术，无疑是一个悲剧。由于头部重创使他的大脑严重受损，他已无任何肢体语言，甚至无法发出任何声音。按他妹妹梅根的说法，作为一个曾经的遁世者，他的伤势已经使他永远离开了他从幻觉生活中所获得的乐趣。不，与其每天痛苦挣扎地苟活，平和地躺在平整小巧的坟墓里会是他最好的归宿。假如一只蝴蝶被顽童拔去双翅，会不会比双足粉碎好一些呢？试想一下，一只受伤的蝴蝶，停在草地上凝视天空而无法飞翔是什么滋味？

在事件发生之前的几年里，我曾经多次与梅根约会。那天，她在电话里向我诉说了这个可怕的消息。从电话线的另一端传来她歇斯底里的抽泣，呼吸中带着阵阵干咳，说话断断续续。我可以听到电话亭附近有一群正在玩耍的孩童的喧闹，难道他们不用上学吗？我意识到她离开了工作的地方，来到相对不受干扰的托普金斯广场和我通话。我不知道该说什么，只好无言于对，只好默默地听我亲爱的梅根诉说。她告诉我她所知道的一切。我记得当时我独自坐在厨房里的餐桌旁，头脑发麻，思绪无法集中。我真想立即来到她的身边，说尽一切可以安慰的话，把她紧紧地抱在我怀里，吻干净她的眼泪。

梅根是一位离异妇女，一头火一般的红头发，质朴，热情似火，毫无机心。她已经年届四十，但她的长相要比其他女性年轻不止十岁。梅根在纽约东区经营一家旧书店。她的职业选择可以把她的艺术造诣与厨艺特长结合在一起。早年，一场蒙多克游船事故使她父母双亡，她和亚当十几岁就成了孤儿。他们家在蒙多克海滩拥有一座海滩别墅，后来自然而然地成为亚当遁世隐居之所。他俩自小住在曼哈顿，由书呆子姑母抚育成人。梅根很早就学会了自立。童年时代兄妹之间亲密无间，相濡以沫，相互依存，营造出自己的儿时世界。在很长一段时间里，除了二人世界别无他扰。诚然，亚当比梅根年长，但梅根性格比亚当外向。因此，她自然而然成了亚当的保护伞，甚至宛如母亲。她担负起照顾亚当生活起居的责任，让亚当居住在蒙多克的家里。我开始注意到，在亚当经济拮据之时，是梅根替他支付账单。她向我倾诉她所了解的最后一个事故细节的时候，我脑海里出现了一幅她在广场的图景：火烧云下，凛冽的寒风，她独自在疏疏落落的树林里游走，说话。其时，我的心早已飞到她的身边。

我问道："他现在哪里？"我尽量舒缓口气，意在让我俩都镇静下来。

"他们把他送进了南安普敦医院的重病救助病房。"

"这就是说他还活着？"我说道。"那就还有希望,对吧？"

"可以这么说吧。他们告诉我他流了很多血——"她又开始爆发，哭泣起来。

我静默了一会儿，接着说道："梅，这是什么时候发生的事？他们知道是什么人作案的吗？"

她回答道："今，今天早上。"她回避了我第二个问题。这意味着她知道他们没有线索，或者这时不应该由她来回答这个问题。

我有一辆自己的汽车。梅根是一位真正的城市淑女，不会开车。因此我建议由我送她马上到医院去。但是，我的车还在维修部。我们本来应该租辆车去的，但我说我把车开出来应该没有问题。

"天哪！我不知道面对他我能不能控制得住？怎么办呢？"

我安慰她说："不必担心，他根本不可能知道你会在他身边。医生一定给他把所有的药都用上来维持他的生命。"我接着说道，"我过来接你好吗？"

她止住了哽咽说道："好吧，过一会儿你过来吧。你真是太好了。虽然，我知道你从来也没有真正喜欢过我哥。"

我尽量控制住自己的情绪说道："我从来没有说过那样的话。"虽然，她对我的想法没有完全理解错，但我还是感到十分吃惊，她居然在这种时候说出这样的话来。我提醒自己，梅根的情绪已经完全被这种突而其来的惊骇事故所控制，她已经崩溃了。这是不可避免的，我不能因为毫无意义和适得其反的话危及我们的感情。我什么也不能说，我不能制造矛盾。我所要做的是让她明白，她并非孤立无援，有我呢。她毕竟是我的爱人。就在和她约会之后不久，当我需要支持的时候，她曾经是我的依靠。而今，该是我表现的时候了。

我鼓起勇气说道："我敢保证他不会有事。他是一个壮实的家伙，他的强项就是健壮。再说，勉强挣扎或者更糟糕。"

在一段时间内，亚当·迪尔遭受攻击的消息在珍本藏书界引起了震动。虽然他算不上是收藏界的主要玩家，甚至也不是一个在此行交易界出名的人物。收藏界的每一个人都因为事件倍感困扰，每一个收藏爱好者都为之惊恐不安，都为这宗令人毛骨悚然的攻击深感忧虑。与此同时，珍本收藏界之外的人们都在问同一个问题，是什么人作的案？蒙多克不是号称是一个安全港湾吗？会不会因为书籍本身隐藏着潜在的不为人知的秘密呢？会有什么人如此荒唐地毁坏那些珍贵的书籍呢？又会有谁了解这个叫迪尔的家伙积累了如此广泛的收藏呢？那么，尚未摧毁的书籍又会如何处理呢？有人直接问我有关这位收藏家或者他的藏书室的问题。我和他妹妹的关系是尽人皆知的。因此，悲情致哀的背后，没有表达的问题和收藏界同仁们的关切我还是体会到了。

在亚当送到纽约市和临死的前前后后，我曾经陪同梅根去过一次医院。见到亚当的样子，梅根止不住悲痛。亚当手臂的残留部分和头部缠满绷带，系在令人不能忘怀的各种支架上，不由得让我产生一种拼图的复杂印象。人同此心。看到梅根悲痛欲绝的神情，我也同样感到悲伤、害怕和惊恐。他就在这样的状态下躺着，在耀眼的灯光下毫无生气地躺着，在几无细菌的重病救助病房里躺着。尽管她已经向我描述过他的伤残细节，但眼前的情景还是出乎我的意料，没想到会如此恐怖。他所受的残害，非凡人所能忍受。与此同时，我仍然为她先前说我与其兄长关系不和谐的说法耿耿于怀，这意味着我处于极为不利的位置。我得假装对他目前的状况感到难受和不安，我并不介意我的做作，但我所表达的关爱掩盖了我闷闷不乐的麻木情感。文明人不会喜欢看到同胞忍受折磨。尽管我有过过错，但我确信自己是一个文明人，文明的人。总之，这是一个令人不安的场面，但我会尽量做得最好。

梅根俯身贴近亚当包缠着纱布的脸，悄声说道："亚当，"她的声音打破了病房里不愉快的沉寂。亚当眼底下的伤痕使他看上去好像多年未眠，他的鹰钩鼻子却使他在累累伤痕中保持了一丝尊严。我过去从来没有注意到兄妹俩的鼻子如此相似。"亚当，我亲爱的哥哥。我就站在你的身边为你祈福，所有的人都和我一样。"

他没有反应。他能有反应吗？

梅根斜看了我一眼，对着兄长点了点头，意思是要我说些鼓励的话。我的麻木加深了我为她的悲伤。我开始与梅根约会那时，抚养她成人的姑妈已经去世。这也就是说，梅根在这个世界上可能再无家庭依靠了，而我很快就将成为她所谓的"家庭"一分子。

我走近病床低声说道："亚当，我想重复梅根的话，希望你能听到我们说话。这里的治疗条件很好,最好的。你要坚持——"

亚当动了,挣扎着从枕头上转过头,对着我微微睁开了眼睛。

"亚当!"梅根的话冲口而出,声音略有提高。

"我去叫人来。"

说完,我就匆匆离开了病房。

我很快领着日班护士进入了病房。只见亚当垂下头。梅根一次又一次拍打他毫无反应的脸,但亚当已经陷入了半昏迷状态。当我们准备离开病房的时候,梅根一脸惊讶,似乎不相信她的兄长会对我有所反应。她略带平淡的语气对我说道:"他似乎对你的声音比我的还敏感。"

"正如我说过的那样,我认为他并不是真的能够认出任何人,药物已经使他毫无意识了。他的反应似乎是突然出现太多的疼痛而已。"

"也许你说得对。"

"其实,我感到高兴的主要是我们来了,尽了我们的本分。"

梅根用手搂住我的腰说道:"是啊,我很高兴你能和我一起来。"

"不要再说我不喜欢你哥哥了,好吗?"

"对不起,我答应你再也不说了。"说完,她把我搂得更紧了。

虽然，情感上尚有一丝芥蒂，我还是松了一口气。我靠上去吻了吻她，然后叫了一辆出租车回城去了。

几天之后，亚当死了。在此之前，梅根早晚都去探望她的兄长。由于身份尴尬，自从那次探视之后，我再也没有踏足医院一步。为了弥补缺席的过错，我竭尽所能帮助梅根安排她兄长的丧葬事宜。我和梅根本来就亲近，而在那段时间里，我们就更加亲近了。我住在格莱美丝公园附近的尔湾道上的一家公寓。梅根每天晚上都过来和我共处一室。我们一起静静地烹调晚餐，我的角色是副厨师长。梅根师傅或者干煎瑶柱，么烧烤肥鸭，忙得不亦乐乎。无眠之时，我们就共同把盏，一起观赏挑选出来的电影如《大都市》和《失魂岛》之类。我们疯狂做爱，我们在经历死亡场面之后更加珍惜生活。我们以最简单的方式拥抱彼此，拥抱生命。要知道，亚当挣扎求生的整个过程离我们的心灵并不遥远。梅根不会忘记他们有过的幸福时光，而我也曾经作为忠实听众聆听梅根诉说一二，深知这些记忆是她最宝贵的遗产。诸如此类，值得敬重。

我们分别接受了调查官的讯问。他们使用了武断而屈辱的词句如"利益相关者"之类。这一切弄得我们筋疲力尽，甚至深感受辱。他们对我尤感兴趣，这使我特别紧张不安。但当他们发现事发之时我正在家中睡觉，并且无作案动机和作案手段之后就放过了我，但还是要通过我继续追寻他们认为缺乏的线索。他们在讯问中希望能够引出其他相关人士如珍本收藏界的藏家等等。他们问我是否认识某个书商或某个收藏家，我认真作答，思索所有这些人是否涉及其中。无论如何，我的说法都具有参考价值。

有关残害和谋杀亚当·迪尔的报道开始失去公众的关注。一家本地小报把残害描述为"手稿谋杀者"。尽管报道中使用了温和理性的文学语言，却没有吸引眼球。小报读者嘲笑说，只是文学手稿，那珍本书籍呢？出乎我和其他书商或者外围人士的意料，小报连载很快从头版滑落到中间版面，不久就退出了连载。

这段时间里，我和梅根离群索居，这使得梅根有机会获得喘息时间。她出奇的沉默给了我很深的印象。我们发现根本不可能摆脱那个话题，即是什么人想要伤害亚当，用如此残忍的方式残害他等等。梅根认为，作案者极有可能是我们根本不认识的人。

梅根无奈地叹了一口气说："他在蒙多克过着自己的日子。我们虽然亲近，但我能肯定他想尽一切办法要和自己的小妹妹保持距离。"

我点点头，心想，这话是不能说出来的。

死亡是一个危险的勾当，

死亡是苦难的解脱，是生命窘境的释出。死亡又是一种导向。一旦我们死去，我们为之小心培植的秘密，如同许许多多在隐藏的花园抚育的黑色花朵，就会常常绽放在可供它们怒放，供那些愿意闻到带毒花香的人们欣赏。我尽我所能去保护梅根免受其兄生活带来的某种不愉快的发现。如同许多家人一样，她宁愿相信亚当是一个无辜的受害者。那些导致他们窒息的方式以及可恶的细节很快就会暴露在光线下。造化弄人，我已经猜测到（但不可能在其死亡之前）有关亚当的细节，真实的、可敬的，统统可以向她披露。我知道，但我有义务提供帮助，使之将它从秘密的暗处转为真实的、胆怯的一瞥。这有可能是在伤口上撒盐，但它会证明这是不可或缺的调味料。

我所提供的承诺非常重要。我在追寻事实，或毋宁说是一种为了引出更好地聚焦亚当不幸死亡的描述，来解释我所知道的原因，我所知道的内容，或者说我认为所了解的他的隐遁生活。

我本人，像亚当一样，就曾经是一个造伪高手。毋须否认，甚至不必害臊，我是一个成功的造伪者。曾几何时，在我的生活中，我把模仿我所喜爱的作家信件和手稿视为人生一大乐事。如人所愿，我以自己独有的工艺研磨伪作，然后交由书商推销。他们赚得大把钞票，我则从中分得一杯羹，可怜的面包屑而已。不，我并非能够被轻易骗上船的雏儿，我知道自己是谁，在做什么，我熟悉门道，知道如何造伪。我自有路数，也非常喜欢我的工作。毫不自夸地说，每当我用笔尖触摸一张未经玷污的白纸，我浑身就如同打鸡血一般颤抖，那绝对是一种难以言表的冲动感觉，如痴如醉，绝对辉煌灿烂。我活着就是为了检验满意的效果，别无他求，这也可能是亚当－迪尔努力想要达到的效果。诚然，我怀疑造伪的雅艺从来不会给他带来发自内心的喜悦，它给我的却是一成不变的快感。每当我在构思和动笔模仿一位可敬的大师（有时是某位家庭成员，有时是某位小说家或诗人）的真迹信件或者极为罕见的书籍的时候，我的紧张和无耻也在这一刻完全放松，像带电的星尘，像心灵的极光。愉悦之情可以理喻而不可言表。

在我这种独有感觉的背后，有一部分是来自艺术本身的高度危险性。作为一个熟练的艺人，伪造者只有一次机会把活做得恰如其分，把书做得超乎所愿，做得更加珍贵，否则他就会前功尽弃。活路做得极其专业之时就是我的全盛期。我想，在我从事伪作交易的那段短暂时期，我就是这一行最好的专家。如果我不能成为一个专家，那我就什么都不是。天会塌陷，叛逆的天使会高歌齐鸣，剩下的就是，知道其他人只能试图猜测，但又无法猜测那种紧张刺激的满足感。当我把我的杰作卖给老到的书商并获取可观的报酬之时，即便我不无嘲讽地使他致富，把他推向聚光的舞台，我知道我又一次蒙骗了世界。我想，当我那些杰出的题签书籍，我那些伪造的信件和手稿以可信的、完美的可见度在文献鉴赏领域畅行无阻的时候，在逃过责难，达到我的所有意愿和真正目的的时候，我就可以金盆洗手了。我这种想法在开始的时候是对的，但后来发生的事证实我错了。这种卓越的骗术成就了我艺术的开端，也终结了我的艺术生涯。

在我成年生活的大多数时光里，我是一个只为墨水和纸张以及首版书籍活着的人。为了伪造早期信件的珍稀素材、原件手稿，我自己调制墨水，伪造了太多的签名手迹。回想当年，在我开山之初，信件的词句、词句之间的关联或者书写的流畅性并没有给我多大麻烦，至少开始的时候是这样。每一封信都要求有适当的品相和笔压、墨水的成色和重量（老旧度、褪黑度）。我会先在小片纸上做实验。笔势升降、书写形状和逗点形势，无不让我彻夜不眠；句点的精准度，单引号如同烤焦的天空上的黑色新月。格言有说，做你所爱。这就是我的所爱。

尔后，我中招了。这一行当有个小小的亚文化现象，它能一石激起千层浪，一个杰出儿童的浪潮，它在我获罪之后曾经有一段时间搅浑池水。或许，我用"搅浑"这个词有点过分，有点太自我为中心，但我用这种方式煽起风云变幻。后来，我在交易圈子的一些朋友（在各式签名的首版书籍突然遭到怀疑之时），一些书商和藏家对这些书文避之不及。过去买过我伪作的专家们，曾经对我的伪作坚信不疑，现在也遭到专事收藏的图书馆员们的质疑，希望重新鉴定我造伪并且被认可的那些年售出作品的可靠性，特别是我擅长造伪的作者们的作品，如柯南道尔以及他的著作《夏洛齐雅娜》被置于黑色榜单之首。大部分传记市场干脆收摊了事。当疑虑蔓延，书市只能如此。皆因我所活动的范围相对较小，这种情况并没有维持太长时间。

无论我的代表律师是精明的妇人还是聪明和值得尊敬的绅士，又或者因为我是纯种白人白领阶层犯罪，警方和检方并没有像对待其他人渣那样对待我。比较而言，揭露对冲基金大鳄的内幕交易远比某个有能力模仿 H.G. 威尔士[1]签名明信片的家伙更能吸引眼球。我设法获得有力的申诉条件。我以前从来没有遭遇过法律麻烦，在我的档案记录中甚至没有交通罚单，这些很自然也在帮我加分。我没有偷盗任何东西，如此这般都可以作为积极因素进一步提高了我的整体形象。在征询我的律师之后，我认罪了，避免了审讯而直接进入量刑和判决。

由于我的完全合作，加上先前干净的档案记录，作为交换条件，警方对我的惩罚是保释，物质处罚、原款加利息赔偿买家，加上无休无止的社会服务，诸如在城市公园清扫树叶、垃圾等等。交换条件还加上让我帮助当局甄别伪作，其中也有我曾经引为自豪的作品。我为自己指明了一个方向，即我将翻开新的一页。声誉已经损毁，但我明白珍本交易商们绝大多数

---

1. Herbert George Wells，1866–1946，英国著名小说家，尤以科幻小说闻名于世。

还是眼光独到、诚实和深思熟虑的人士。我曾经错误地把他们定位为鉴赏界的行家们，他们还可能受骗。警方问我，是否认为伪作交易猖獗，我说不会。谦卑地说，只有如我这样水准和精密可以蒙混过关。少数从业者们不可避免像低飞的鸟儿一样中枪击落。毫不自夸地说，像我这样的业界猛禽就避开了难以预料的大口径子弹射程，至少我的长距离飞翔还在继续。我不止一次觉得松了一口气，甚至沾沾自喜。不少的人宽恕或者忘却了我的所作所为，我在这一行中总是得到认可。无论何时何处我都坚称，我所经手的手迹和手稿不是伪造的。这是一个没有人不认可的善意谎言，我的声誉又渐渐恢复了。我甚至在拍卖行做起了兼职鉴别师，鉴定即将上拍的艺术瑰宝。我知道，潜在的造假行家会成批地把假货囤积在库房里作壁上观。

是啊，我的肮脏秘密已经曝光，我与纸笔的金玉良缘已经结束。我以受惩告终（应该的）。我为自己努力，最终几乎达到了自我救赎。不可否认，自此之后交易圈子的某些人对我避之不及。

道尔的秘密在其死后揭示，使其毫无防护。我并不会感到太大的意外，由于经由梅根把我和亚当联系在一起的细枝末节，调查员把我召了回去。他们的解释是让我看看一些受到损毁的书籍和手稿。我猜想，他们或许是要我辨别潜在疑犯的作品，辨别是否是伪作和是否是造伪工具。我准时达到，充满了自信，但并非完全自信。我表现出友好的态度，直截了当的友好态度。我只单纯地希望能够提供给他们所要的信息。夜幕降临的时候，我准时回到纽约的寓所，像往常一样与梅根共进晚餐。

他们一边问我是否真的确认了那些证物，一边递给我一个碟子和另外一些证物，一些沾着凝血和墨渍的文件（文件在连接题签的页面和中缝打开）。我很感激他们允许我不戴手套，因为他们并没有让我直接接触任何证物。我诚恳地回答他们说不能。举个例子说，我辨认出这是 1842 年在伦敦首版的狄更斯的《美国纪行》（"American Notes"）。很不幸，两册书都撕去了封面，但题签是当代的，因为狄根斯的花式签名是独有特点的，在签名后面是渐细的弯曲线。签名本身证实了一切。可我是不是认出了这本特定的书呢？没有。

他们问我，那这书还有价值吗？

只能说如果是损毁之前的原本，并且保持极好的品相，再假如接受者是狄更斯的朋友。很抱歉，我猜不出上面的藏书者的名字，眼前这本书也许只值五到七点五。

美元吗？

是美元，我指的是五万到七万五。

我感到困惑不解的是，他们问我是否听过一位叫亨利·斯莱德的藏书家，因为亚当曾经以分期付款的方式想获得这位藏书家的作品。因为涉及亚当，我只能耸肩告诉他们说："分期付款很正常呀！"高价珍本书通常并不见于交易。事实上，他们的特别兴趣落在巨额的金钱游戏上。

我要他们相信:"涉及金钱并非不正常。就像我们刚刚看到的狄更斯,这并非是我们谈论的每天都可以接触到的普通书籍。"

轮到他们耸肩了。

审问也罢,求教也罢,这样的对话持续了一个多小时,终于到了我或多或少预计到的实质提问了。除我之外,他们大可以找到其他人来辨别和鉴定证物的。

他们说,如果我不介意的话,他们还有一些感兴趣的事情。亚当·迪尔是否和我讨论过模仿的话题?我们是否一起做过造假生意?他有没有主动接触过作为妹妹男友的我,向我索求涉及造假的便利或者造假的建议?

我有点受辱的感觉,因此直截了当地告诉他们,不,没有,没有的事。当其时,可能我脸上挂着一丝不快,或者还没有表现出来。不管怎么说,我尽我所知回答了他们的所有问题。假如他们是测谎器或测试机,我会高兴地同意再回答一遍,让测谎器墨针的无力跳动来确认我的话。我能说的和我能做的就是,据我所知,某些遗憾损毁的作品不是伪作,他们认可了我的说法,因为我所鉴定的每一项单独的证物都会通过使用图书馆检测工具的任何专家(如果不是全体),至少大部分专家会和我持一致见解。他们告诉我,他们做完了该做的一切,谢谢,你可以走了。我感觉到他们可能有些失望,但我又如何知道呢？

多年来，我一直强烈怀疑迪尔是我昔日造假同道的成员之一。正如我在警方证词所说，我从来没有向他当面求证过，也从来没有在梅根面前表露过这些怀疑。晚餐前的一杯酒后，我向梅根透露白天去过的地方，告诉她当局向我提及的各种有关造伪的问题。她并不关心这些，只是怪我没有事先告诉她我被警方传唤。她反复问我对亚当和造伪有什么看法。

我说道："我知道我应该告诉你传唤的事，但我不想因为这件事使你担心，你已经够烦了。至于亚当，你非常清楚我和他不熟。你觉得我注意过他的收藏吗？"

无需把我们之间的争执做过多猜想，可怜的女人和我翻脸了。真正倒霉的几个日日夜夜，她都威胁再也不想见到我了。我重复这些话的时候，离奇地有点欣赏她的做作，她对我比警察还强硬。

她说道："你怎么能说你不了解亚当呢？你不可能不认识他。"她口气僵硬，脸红得几乎比得上她火红的头发。

我反击道："怀疑和了解是两种非常不同的动物本性。"

她说道："难道你不明白这话多么伤人吗？假如你这话传出去，我还怎么做人？我的客户会在背后笑话我的。更糟糕的是，他们会看低我。你叫我还怎么做生意？"

"可你，你没有做错什么呀。没有人会指责你。除了你，还有谁会责备我呢？"

"夹在你和现在的亚当之间，谁还有理由再相信我？我又有什么理由再相信我自己？"

我知道我该闭嘴，但我正处在恼怒之中。我说道："说到信任，当他们问你的时候，你是不是说过我不喜欢你哥？难道这不是他们今天把我拽回去的原因吗？"

"我没说过。"

"当我坐在空气稀缺的房间里绕着他们转圈的时候，我除了惊诧，我还能做什么？这难道不是我在那里的原因吗？"

我们就这样僵持着。面对责备，我苍白的理由失去了支撑。她怀疑我对亚当施加了有毒的影响，甚至秘密地和他从事所有愚蠢的勾当。我从来没有看到她像今天这样的表现。我不知道该如何告诉她，她错了。

她的敌意，或者恼怒，又或者说是羞辱，或者是这些所有痛苦的混合体，最终都会过去的。无论我和梅根过去是否有过艰难的时光，这一次的口角定会翻过去。她不可能了解的是，也永远不会了解，即便我愿意和她的兄长一起工作，我对他的影响（至少对他的技艺而言）只会有利而不是有毒。但是如此一来，我就得和亚当·迪尔或者其他人分享我的技艺，我的货源，我的工具和我的激情，而不可能独自青史留名。诚然，她可能无法领会我为什么断然否认与亚当造伪有任何关联，我的强硬本身以及我否定的无可辩驳的事实最终还是传递了给她。

在她午休时间，我们一起到托普金斯广场喝咖啡。我告诉她："看到了吧，梅，在你想通后，你又变得和以前一样了。这真是一个奇迹。"

我暗暗惭愧，我这么说分明是无话找话，但也表达了我对她的忠诚。但在某些时候，在适合的场合，甚至简单的陈词滥调也能显现出它的分量。正如爱默生[1]写道："每一句话都可能成为一时遐想，每一段老生常谈都可能成为一时的佳话。"

---

1. Ralph Waldo Emerson，1803–1882，美国思想家和文学家。

我的努力是否适得其反？

尽管我和梅根的关系在那次口角之后变得更加密切，亚当一直萦绕在我的脑际。我想摆脱梦魇。因此，在拍卖行从事鉴定和编目工作的同时，经常到书屋竭力协助梅根。我在拍卖行的位置从来也没有像现在这样稳定几近终身，但是亚当阴魂不散。我对亚当一直心存感激，正是他在五六年前的一次书展把他妹妹引到我的面前，使我有幸结识了她。我永远不会吝啬感激之情，尽管我和梅根最终的关系惹怒了亚当，但我和他妹妹早期的调情是多么的温馨。我和梅根温馨的亲昵似乎与这个家伙从我身上获取利益无关。

我不太记得第一次把眼光投在亚当身上是什么时候。某一年，我尚不知晓他有一个妹妹的时候，也远在我造伪生涯的悲剧结束之前，一次擦身而过的机会我认出了这个男人。亚当·迪尔是一个你要仔细斟酌才能了解的人，一个你用不着深思熟虑去发现的人，一个你见过但不会留下印象的人。上天赐给他一副平庸的脸，这或许有助于他在他的行当里立足。他的肤色灰黄，更显得他阴沉。他可以居于山海之间，犹如蜡烛一般苍白的皮肤足以说明他为什么会深居简出。他长得比一般人廋削身长，关节松垮，说得上是弱不禁风。当他向我引见梅根之后，我才知道他和梅根住在一起。他满头蓬乱的红发，如努德尔牌的紫蓝色墨水的双眼，继承了十足的爱尔兰血统。梅根生在叶芝[1]、乔伊斯[2]和贝克特[3]的故乡。她拥有双重国籍，但自童年起就没有踏足过故土。亚当似乎刻意穿上至少落后十年的衣着。我对这种反潮流的怪癖还真有点欣赏。他总是穿着一件一成不变带有金饰盾型徽章的衣袋的夹克，外衣内是一件白衬衣和一条黑色的窄领带，瘦小的骨架上套着一条华达呢裤子，乍眼看去，十足是二手成衣店的模特儿。他长得并不难看，他的个子、他的头发和他戴着的玳瑁双光眼镜，使他站在人群中很抢眼。不仅如此，他的手腕是我见过的最瘦小的。最令人难忘的是他的锥形手指。

总而言之，他是一个怪人，一只怪鸭子，一直混迹在典藏书籍展览会隐蔽的群怪巢穴的怪鸭子。这是迪尔多年后出现在珍本展览会的开端。在派克街（美国纽约市杰出、奢华和时髦阶层的代名词）国际书籍交易会上，他一经现身，立即引起了我的注意。在此之后，我和他在同一专门书摊经常碰面。

众所周知，每一个书商都有不同藏书的执着追寻者。如果你希望得到一部插图本十七世纪微缩胶片雕刻的蚊虫生活周期的书，就有书商可以供给你。如果你希望得到一本你偏爱的北极探险或者古埃及历史的珍贵卷册，没有问题。

---

1. William Butler Yeats, 1865–1939，爱尔兰诗人及剧作家，曾获 1923 年的诺贝尔文学奖。
2. James Joyce, 1882–1941，爱尔兰小说家。
3. Samuel Beckett, 1906–1989，爱尔兰戏剧家和小说家。

第一版第一次印刷的乔纳森·斯威夫特[1]的《格里佛游记》（"*Lemuel Gulliver's Travels into the Seven Remote Notions of the World*"），1813年同时代小牛皮三层包装的简·奥斯汀[2]的《傲慢与偏见》（"*Pride and Prejudice*"），应有尽有。有钱、耐心加上执着犀利的眼光，世界上几乎没有任何书籍是不能摆上你家的书架或者收进你的保险箱。从不吝巨款到略微谨慎的图书馆员们和收藏家们均会相约参与世界各地的大型年度书展和其他同类交易会。在一段时间内，这些藏书家们如果不能成为朋友，至少大多会成为交易熟客。

逐步地，也不记得从什么时候开始，我发现我和迪尔都对相同的文学手稿素材特别关注，如十九世纪和二十世纪的签名书籍以及全息原始底稿。我宁可相信我不是在追随他。但是，在我入行或者进入书籍交易圈之后，我不止一次听到有一位先生对某一本相同的书充满兴趣，极为仔细地研究该书。我不可能对此不加注意。这个和我同样对丘吉尔和柯南道尔的签名有相同兴趣和欣赏偏好的人是谁呢？

"你能告诉我他还关注了哪些书吗？"我毫不掩饰地不断增加发问的频率。我看得出那些季节性出现的书商们脸上呈现出一丝并不友好的笑容，婉拒了我厚颜无耻的提问。我不能说，你懂的。但也有一些毫无机心或者有意炫耀他们商品的书商告

---

1. Jonathan Swift，1667–1745，英国讽刺作家。
2. Jane Austen，1775–1817，英国女作家。

诉我迪尔不久前已经把托马斯·哈代[1]的书信或是韦尔奇·柯林斯[2]的题签书收入囊中了。我对他的品位了解越多，对他的好奇心就越重，就好像有一个微弱的声音在我的脑子里不断提醒我要多加小心了。

此刻，我又买了一部手稿、一封信函和一本头版的题签书。我并不想固执己见，即使最无心机的商人也意在推销而不仅仅是为了展示。我要把一些我所挖掘到的，我所喜欢的作家最好的样本带回我幽静的书斋，用我的曲项放大镜仔细分析这些书稿的细微差别。研究完之后，我随时可以把它们上拍卖掉或者通过私人交易，以成本价甚至亏点本把它们处理掉。我在其中获得了知识，就可以在这个游戏中功成名就。除非倒霉透顶，造伪者永远会成就正果。这是野兽的天性使然。虽然在任何一个职业里，真心热爱职业的人都会倾尽全力去拥抱所爱，恰如在彩虹尽处除此无它。就我而言，那一钵金子就在行动本身，即使行动本身所赚取的只是愚人的金子。

大约半年前四月的一个星期六下午，迪尔穿着一身皱巴巴的花呢上衣，头发蓬乱地站在摩肩接踵的伦敦交易摊位前面，我们终于见面了，并且相互做了介绍。其时，我刚好把一部有题签的达尔文的《物种起源》（"On the Origin of Species"）交回交易摊位。我花了足够长的时间研究题签的

---

1. Thomas Hardy，1840–1928，英国诗人、小说家，代表作有《德伯家的苔丝》。
2. Wilkie Collins，1824–1889，英国侦探小说家，主要作品有《月亮宝石》。

时间和地点以及该书接受者的信息。总之，我把签字的笔迹走向研究透了。迪尔宛如一个幽灵贴在我的身旁。他轻轻地咳了一声，向书商讯问在书归回玻璃书柜时他是否也可以看一眼这本书。这本书两旁摆放着佛洛依德[1]的《梦的解释》（"Die Traumdeutung"）和一部路德维希·维特根斯坦[2]的《逻辑哲学论》（"Tractatus"）。这两本书的品相出奇的好。

表情和蔼的书商说道："你俩一定认识吧？"

我和迪尔转过身相互打量对方。

迪尔说道："不会吧？我不认识他。"他以平缓未经修饰的语调说道（就像对折的单页一般，你在他的语调里读不出什么意思来）。但是，我隐隐感觉到他眼里微妙的表情出卖了他，他应该知道我。我对单调的手稿的判读能力远远强于辨别活生生的语气和人们的长相。

我说道："别这么说。"我有点撒谎，也没有完全说出事实，实则是针锋相对。

我们相互握了握手，我敷衍地说了说达尔文是如何吸引我的，如此一部珍本书籍应该是备受关注的，交易会至少可以提供几本。

书商说道："金钱永远是好东西。"他同样敷衍地加入了我们的对话。

---

1. Sigmund Freud，，1856–1939，奥地利心理学家，精神分析学派创始人。
2. Ludwig Wittgenstein，1889–1951，奥地利哲学家。

迪尔说道："太贵了，这价钱要了我的命了。"他把书还给书商，说了一句很高兴见到我后转身走了。

我假装天真地问书商："他是收藏家吗？"我注意到这个叫迪尔的家伙是一个稀有物种。我从来没有见过这么一位仁兄把珍贵的物品随随便便就塞进手臂夹着的干瘪塑料包里。

"不如说是一个淘货。他长年向我出手一些好物件。我很好奇，他也时不时买一些偶然出现的珍品。这一点和你完全相像。"

"哦？"我转过头瞄了迪尔一眼。他走出交易会的通道，消失在熙熙攘攘的交易人群中。

当然，在严格的意义上说，我和迪尔都不是淘货。先是淘到没有题签的好书，然后是经过一个"冷静期"，再适时重入市场，去淘那些有郑重其事亲笔签名或者乱签一气的各个作家的手稿，也顺便捡一些不贵的，相对不那么重要时期但留有空页的书和手稿，经过萃取使之成为新创时期的手稿或书信的备选。在初次相遇之后，我开始揣摩他是到底是什么人，做什么的。我小心翼翼地询问私密圈子里的那些书商们，问他们是在什么地方偶然获得亲笔签名书卷或者原始信函的。我似乎察觉到，越来越多的柯南道尔的文件超乎寻常地浮出了水面。假如人们愿意承认，我会说夏洛克·福尔摩斯永远是我的最爱，我的佳选，我的黑泥烟斗和我的猎鹿头盔。我喜欢这些细枝末节。无论公平与否，是否符合逻辑，我确信迪尔就是目前正在大量出现的题签和福尔摩斯遗留手稿的始作俑者。在我记忆中，侦探的管家哈德森夫人在夏洛克·福尔摩斯电影《福尔摩斯与蜘蛛女》（"The Spider Woman"）。曾经宣称："不能改变就得忍受。"

我看过了所有夏洛克的电影，从巴兹尔·雷斯伯恩[1]到吉雷米-布雷特[2]所演过的，无论好与坏我都看过。我喜欢亚瑟·柯南道尔爵士的小说远远超过了电影的所有情节。这些情节如同新近发现的胎记一般，每一行字都在刺激我，这种情感就像我讨厌胎记一样刺激着我。除了恶性肿瘤或者某些终结生命的疾病之外，人世间不仅仅有各式各样的方法去避开各种不可治愈的伤痛，没有任何疾病是不可救治的。要知道，我打骨子里就是一个乐观主义者。

我开始用我的鹰眼去甄别，确认有哪些作品可能是伪作。在我的工作里，当我伪造一个签名，无论何时，只要出现一丁点无伤大雅的瑕疵，我都会忍痛割爱，舍去经过伪装的卷册，或者裁去错页，绝不会把经过裁剪后的书卖给二手书店以赚回我曾经付出的那一部分钱。我从来不允许非顶级质量的作品从我没有窗户但光线充足的书斋流出去。诚然，有些作品存在瑕疵，但无论何时，只要发现作品存疑，我会分别和私下提醒各个存有此类书册的书商。我小心翼翼地不给自己惹上麻烦，

---

1. Basil Rathbone, 1892–1967, 美国演员。
2. Jeremy Brett, 1933–1995, 英国演员。

也从来不吝啬提醒别人所做的存疑题签，不要让别人指出威廉·巴勒斯[1]（（此翁非我的时代关注，只是举个例子而已）极少在他的名字"i"上点上那一点，但也不会无所表现。行家制作是不会暴露阿喀琉斯之踵[2]的。这是公平的游戏。

　　独立日之前的那个春天，远在普罗维登斯我最属意的书商亚迪科斯·穆尔（他知道我对有关夏洛克的所有文稿有锲而不舍的兴趣）送给我一个戒指，并且告诉我他收到数量可观的柯南道尔亲笔信件，是 1901 年 5 月和 6 月写给《斯特兰德月刊》（"Strand Magazine"）编辑格里诺－斯密斯的，一共有十七封，信件详细描述了即将成为《巴斯克维尔猎犬》（"The Hound of Baskervilles"）的手稿。（《斯特兰德月刊》同年全文刊载了这部小说）。这些信件由于某些原因从来没有寄出去，也没有出版过。据我的这位朋友说，所有的原稿细节都经过了考证。这些信件在（英国）德文郡。信中通过栩栩如生的细节，精确描述了休假中的道尔站立在诺福克皇家林克斯旅馆房间窗前俯瞰北海的时候，是如何从他的记者挚友贝特朗·费莱彻·罗宾逊那里获取原始思路的。在已经出版的书稿中没有出现这一段细节，即一个真实存在的沼泽延伸出一条位于格林

---

1. William S. Burroughs，1914–1997，美国小说家。
2. Achilles' heel，古希腊神话中的一位英雄人物，海中女神生下阿喀琉斯之后，把他抱到冥河边泡水，使他刀枪不入，但是因为手捏着他的后脚跟使之浸不到水，因而成了唯一的弱点。

盆泥潭的自然通道。信件的左页出现了柯南道尔的签名，而后又给划去了。在另一封信中，柯南道尔描述道，在他造访古代罗宾逊庄园帕克霍尔之时，亲眼目睹了住所直棂窗外的午夜幽灵。这极可能是他的巴斯克维尔庄园的雏形，也是他不能对同伴言及的事，因为这事太接近他正在创作的故事中魔怪般神秘的猎犬，一只"最精确表述记忆范围"的魔怪。虽然在他后续的书信中没有进一步提及此事，在信中他断言他对所见将保持"一种追述的态度"。

我的书商朋友从来也没有处理过如此独特和如此有历史价值的一堆书信。这些书信的作者是我从小至今所喜爱的作家，是一位极为细致、令人羡慕不已的精明作家，又是一位所有著作位列榜首的巨匠。我的第一反应是这些书信无论价值几何都必须成为我的囊中之物。我的书商朋友问我是否可以移驾普罗维登斯，亲睹这些书信并且和他共进午餐。

我当然乐意前往。

次日早晨，我赶上北上的火车。火车沿着康纳迪克海岸上行。窗外，海湾里的航船和树桩上的鹗鸟窝丝毫不能吸引我的兴致，我的思路在逆向而行。我极其希望这些尚未寄出的书信是珍贵的，真切期盼将它们收归我小小的"永久"珍藏。我之所以把永久这个词加上双引号，是因为我觉得这是英语语言中最具欺骗性的单词之一，一个表明无可争辩的造假的词。另一方面，正如永久一说，虽然我的书商朋友是这个世界上最令人尊敬的权威之一，这些书信以及尚未出版的手稿片段是否由于太过完美，以致令人存疑？。

经过一个小时的仔细审视，认真的讨价还价，我以理想但还不至于让卖家心痛的价格买下了这批珍贵的书信。交易完成之后，我们如约去了市中心的狂想餐厅，由他埋单享受了一顿绝佳的晚餐。当晚，我带着最新淘来的宝物回到了纽约。天不从人愿，我极度兴奋到头来却是竹篮打水。我淘到的"宝物"实际上是一文不值的废纸。我付了一笔并非小数的价钱，换来的却并非计划内的永久收藏。整个交易过程其实是一个欺诈。这是我多年来所见到的最为精致的伪作，书信别出心裁的内容足可以保证它吸引人之处。我对此造伪手法感到敬畏，也感到恼怒，除非这个市场得到更广泛的监管，否则我就不得不离开这个市场。

我知道，我们每天打交道的原作鉴定的天才们提起过这个高质量的伪作，它所涉制作手法无所不用其极。在其中一页中，夏洛克·福尔摩斯的创造者写到这么一个段落，说是某一天临将结束之际，发生了一起残忍的谋杀案件，一边是行动迟缓的苏格兰场[1]，一边是福尔摩斯，他依靠强有力的推理最终使此案告破。恰到好处的文学再造。它的重要意义就在于语言、叙述与想象力，而不是作者的书法水平。我们崇拜上帝，并不是

1. Scotland Yard，伦敦警察厅。

因为他衣着华丽。从莎士比亚时代起的许多作家的书写水平真的使人难以启齿。威廉·巴特勒·叶芝是一位节奏感强、想象力丰富和极具远见卓识的诗人，他的手稿却与奖项擦肩而过，究其原因是其惨不忍睹、急就章式的潦草书法。

另一方面，造伪从通常意义上说是一项眼球艺术，与音乐般细微、想象力和洞察力几无关联，它需要的是书法艺术之流畅性，历史素材之精确感，这是一门能够引起共鸣的科学精神。给我一张合适的旧纸，给我一些矿物原料混造出难辨真假的伊丽莎白墨水，我就可以再造莎士比亚即兴写出来的双行诗，比如《泰特斯·安特洛尼克斯》（"Titus Andronicus"）[1]中的——

将此恶棍绳之以法，

以偿其始作俑的灾难……

如此一来，我就可以在适当的场合，将金钱从愚蠢的收藏家钱包里掏出来。一个富有长年造伪经验的人，他（她）知晓自己的所作所为，这并非难事。诗人生产诗句，造伪者为之再造。需要提醒各位的是，我从来不做急于出手莎士比亚手稿的草率之事。在商者言商，而非惹是生非。在历史名人堂中的任何一位伟大的文学高仿者，他们的伟大之处是因为现在的收

1.莎士比亚戏剧。

藏家们还在买入他们的作品，高仿也是一个利润丰厚的事业。从托马斯·查特顿[1]、威廉·爱尔兰[2]、乔治·戈登·拜伦[3]，到托马斯·威斯[4]，如果他们还健在的话，一定会同意说出造伪真相的。

所有这些都简单明了地说明这个私藏文件为什么会使我印象深刻。有一些人不知天高地厚，直接挑衅手脚，更不用说头脑了。越是深入研究，我越发欣赏这个文稿。诚然，我臆想去会会这位脚踏实地，创造一个个奇迹的前辈，但我的解决办法只有一个，就是超越我如今所遇，抑制冲动去祝贺这位老前辈无与伦比的杰作。然而，这并不会让我停止我对我的书商朋友亚迪科斯极为细致的探究。没错，他的双亲是无耻的哈帕·李[5]的崇拜者。他囤有一两本哈帕·李的《杀死一只知更鸟》（*"To Kill a Mockingbird"*），这是从他父母那里觅得的美妙宝贝。

亚迪科斯或许会有不同见解。那些想要在交易圈站稳脚跟的书商们不能到处去泄露买家的信息（尤其是我这一类被亚迪科斯认定的买家）。那是一个优质的生产资源，在过去很长一段时间里，甚至是一个名副其实的聚宝盆。我选了一个下雨的日子，带着我反复咀嚼的一个问题去拜会亚迪科斯，心想或

---

1. Thomas Chatterton，1752-1770，英国诗人，也是伪造中世纪诗作的高手。
2. William Ireland，英国作家，造伪高手。
3. George Gordon Byron，1788-1824，英国作家，浪漫主义诗人《唐璜》的作者。
4. Thomas J.Wise，1859-1937，英国收藏家，也是有名的造伪者。
5. Nell Harper Lee，1926-2016，美国女作家。

许这种天气会使他放松警惕。我没有直截了当地提出有关注重所有权链条的问题。几乎所有的书籍和手稿都不存在注重所有权的文件，这一点与艺术品圈子大不相同。除了我自己不同寻常的黑箱操作和小部分的其他来源，这是一种君子交易，一个相对学术只是与纯粹商业行为的完美阴阳交合。

在另一次饭局上，我的机会来了。这一次是在我们下榻的酒店附近。原因很简单，我和亚迪科斯一同出席在旧金山费尔蒙特市的一个国际书展。那是合作默契的一天。在游戏中我一直占据上风，手握三十六位作家的作品，尽可施展我无可挑剔的造伪大家风范，亚迪科斯则对我在展览会上卖给他的几件素材兴奋不已。

亚迪克斯指着杰克·伦敦[1]的一小扎信件,吐沫横飞地说道："太无耻了，您是怎么连续搞到这么多震撼人心的材料的？"杰克·伦敦的信件涉及的是他的短篇小说《当上帝发笑时》（"When God Laughs"）。这些信件不是我的专业喜好，但深得他在书展的客户喜欢，其中一位甚至抓住不放，愿意以亚迪科斯付给我的双倍价钱成交。他接着说："说真的，您自己就应该是一个交易商。"

"是啊。令尊是一个纯粹的收藏家。我一贯听到的是他只买不卖，即使他收到一件更好的版本，他还会把复本照样

---

1. Jack London，1876–1916，美国作家，代表作有《马丁·伊登》。

收藏。”

在交易界，父亲至今仍然享有盛誉，即便那些未曾谋面的朋友都现身称赞他。对此，我从来不会感到不自在。作为收藏家，他是同代人中最好的一位。很难想象，如果他看到自己的儿子被指责为造伪高手，他会感到十分羞愧的。我第一次染指造伪技艺的时候，还是一个青头小子，和父亲生活在一个屋檐下，吃他的饭，研究他的藏书。诚然，我常常思念父亲，但更多的时候我会庆幸他得以寿归正寝，没能见证他的骨肉无耻的行径。

在摆脱不安的一闪念之后，我让这位仁兄坐下来并且说道：“我可没有那么大的胃口把它吞下来哟。全是为了对抗？在顾客头上竞争？追查存货，减少可收账目？我还是做一个业余爱好者的好，在一旁观赏你们这些大佬们拼斗。”

他想了一会儿后说道：“别说傻话了，您可是很在行的啊。”

“我不是在说傻话，只是理智而已。我想我是被吓着了。我这个人太懒，不能像你们那样早出晚归，守护着你们的事业。再说了，我是一个不善交际的人，除了买书之类的事，我只活在自己的小圈子里。对此我已经很满足了。”

“您很懒？我可不这样认为。总之，只要您改变主意，我会毫不犹豫地接纳您做我的合伙人。一句话的事。”

明知这只是一句恭维之词，但我还是很受用。多少年来，我一直在玩弄合法化的字眼。怎么说呢？不是正统说法的合法，而是在从事交易中如我所愿以皮格马利翁式的别出心裁[1]增加我的库存。但是，我心中有一个明智和谨慎的声音在提醒我，我已经名声在外，再有炫耀必将招来追查和不必要的麻烦。越少出头露面，于我就越好。

我的朋友有所不知的是，比如，在今天早些时候，我已经向不同的书商转卖了自己的存货。每一位都发誓保守秘密，我承诺将来提供给他们比他们想象的更多的素材和精选亲笔签名书稿。我有自我吹嘘的权力。但是，吹嘘不在我可能性之内。

"顺便问一句，作为您非正式的合伙人，我仍然很想知道，不久之前您是从哪里搞到全部令人惊奇的那些《巴斯克维尔猎犬》手稿的？"

他又吞了一口比诺葡萄酒，说道："我的天，您还在追问这事。好吧，我说，实际上您已经见过那个人了。就是那个戴着玳瑁眼镜的高个男士，红头发那位。"我点点头。"但是我要警告您，如果你胆敢泄露是我告诉您的话，如果您直接接近他向他要素材，我们的合伙关系就到此为止。"

我向他保证不会这样做。饭后，我拿走了支票。我们在旅馆酒吧叫了一杯睡前饮料，我喝的是双份干邑。道晚安之后，我再一次放纵自己，又叫了一份独饮。今晚将是一个不眠之夜，

---

1. Pygmalion，希腊神话中的塞浦路斯国王，擅长雕刻少女形象。

因为我自认为了解了某些迪尔的秘密。我暗暗偷笑，精明狡猾的迪尔。这种讥讽并没有让我振奋。如果亚当·迪尔是一位造伪高手，并且和我的偏好相似，也从事富于想象力但并不完美的项目，假如书商们开始怀疑他的作品，把他的作品视作赝品加以拒绝，同时怀疑其他人，我的货就会成为精品了。

亚当入土之后的那个春天可谓是阴中有晴的日子。这就是说，我和梅根基本上进入了可以知足的常态。我们的关系还谈不上亲密无间，时不时还会出现拉锯般的口角。我们认识的人都乐于见到我们走向正常生活的努力。我们谁也不会回避已经发生的谋杀。警方告知，调查正在密锣紧鼓地展开，但仍然无法确定任何疑犯。梅根崩溃了，每天哭泣，每夜噩梦连连。我所能做的只有劝导和安慰这个可怜的女人，但我也从来没有放松两者间的心理平衡。无需赘言，亚当虽去，但幽灵还在。

多风的三月早上，天空一片灰色的云彩，我们为亚当举行了一个小规模的下葬仪式。十数人出席了葬礼，其中大多数是梅根的朋友，也有一些是在梅根书屋工作的伙计。他们赶上早班从纽约开行的公共汽车前来，以示同情。其中只有两位珍本界人士出现在葬礼现场。我并不太熟悉其中任何一位，这就证实了亚当是何等的隐遁之士。我认出有一个侦探裹着一件蓝黑色的风雪大衣厕身我们之间。我还瞅见我并不认识但似乎是一个便衣警察或是调查员的家伙眼睛不离悼念人群，似乎想发现其中有非正常人员现身葬礼。据警方说法，世事千奇百怪，常常有心存内疚之徒会在实施犯罪之后不由自主地来到现场，或许是一种犯错或实施犯罪之后的心理联想使然，甚至是想以此获得某种可体味的抽象感觉。亚当的葬礼使人遐想联翩。犯罪现场就近在十几英里之外的海滩别墅，一直到调查展开才为外人所知，梅根因此有意重开别墅。如果当局想要从我们这些悼念者中发现窥视者，那是徒劳无功的，因为悼念者的脸清楚地说明了一切。

雇来的牧师按照梅根的嘱咐，反复念叨亚当的兴趣和成就，然后读了一段经文，嘶哑地唱了一曲赞美诗《天赐恩宠》（"Amazing Grace"）。有一些悼念者跟随牧师悄声吟唱。梅根身穿厚实的双排扣外套。她靠上去紧紧抓住金属棺材，哽咽着松开棺材让葬礼执事指挥入土。仪式结束了。随后，我们邀请那位侦探（另外一个家伙已经消失在我们视线之外）和我们一起到当地海鲜饭馆共进简便午餐，但他婉谢了。在葬礼的全过程中，一个孤独的摄影者在不影响我们的远处杂乱无章地抓拍了整个过程，可能是想打包卖给仍然对谋杀故事感兴趣的某些小报。我大胆推测，他的使命当和侦探的努力一样徒劳无功。

饭中，人们赞扬亚当。我借着酒兴悲其英年早逝，但也觉得有些精神恍惚。假如迪尔的谋杀案保持追查状态，虽然谋杀不会有终结的时候，我过去的肮脏交易也同样会随之从人们印象中消失。我喜欢沉湎往事，这无关紧要。但是如果我的浮想联翩激起古代希腊式的愤怒，我通常会极力推之而去。今天我却不能。为什么我刚刚会产生如此想法？皆因我总是在怀疑谁是事情的幕后操控者。我出于尊重梅根，选择了不去追究。

容我解释一下。

有一天，我收到了一封信，一封没有回邮地址的信（这大概要从五年前那次倒霉的纪念午餐之前说起）。追溯起来，这将是我走向毁灭的预兆。

信中写道：你将会被揭露，你的骗局将证明你就是一个普通的罪犯而不是你自以为的绝顶聪明的人。黑暗总有一天会降临在你头上。

我不会被轻易吓到。我并不害怕黑暗，也从来不会自欺欺人地认为自己是一个绝顶聪明的人。准确地说，我只是一个努力工作的劳动者，一个忠诚的艺术工作者，仅此而已。我想对此事一笑置之，排除干扰继续我的日常生活，这封简洁的短信却使我心烦意乱。这封信的签名是亨利·詹姆士[1]独有的流畅手书。很明显，信件是用真正的羊之屋文具店好看的红艳信纸书写的。我从来都不会对人告知我的秘密职业，不会和情人，不会和朋友，也不会和知己透露，甚至当我生产出大师之作的时候，在我产生吹嘘冲动的时候，我也绝对不会出卖自己，暴露秘密本身。世界可以见证，在我真实声音之间筑有一道高大

---

1. James Henry，1843-1916，美国小说家、散文家和文学评论家。

厚实的墙，我从来不会对任何人，包括朋友、对手甚至漠不关心的人冲口而出，道出我的不良行径、违法事实以及不足挂齿的不道德行为。

最使我困惑的是，无论是什么人亲署了这封信，这不都是最严格感觉上的模仿，因为这不会引我相信这是真实的詹姆士本人签名，但他十分了解我的所作所为，意在威胁我，使我身败名裂。我不会成就恶果。更有甚者，当我坐下来用放大镜研究信件的时候，发现其人挑起我对其细微处的关注。其中微妙的笔势暴露了他模仿的痕迹，就像一条带着丑陋触须的鱼跃出浑黄污浊水塘的水面。设计者手法相当高明，甚至从多方面说是了不起。我欣赏这个詹姆士的签名，它足以骗过笔迹鉴定专家中最吹毛求疵的一批人，更不用说复印的信头酷似原件风格。但是，这封丑陋的信件除了无法复制詹姆士严谨的语态之外，信中至少有五六个小描画错误，小写"m"圆拱走势看上去就像附近鼹鼠打洞留下的堆土，而不像亨利·詹姆士独具特色的锯齿般的远山峰顶的 M。我感觉到单词之间的空位比应该有的更密一些，而且从笔尖到纸的墨水流量也太一致了。于我，如此制作错误意味着特点的丧失。这就是说，如此拙劣的制作对我的隐性诋毁不可能形成威胁，实际上是诋毁者的自我造像。

尽管如此，在第一波冲击消退之后，我的思绪逐步起了变化，这是过去所没有过的。我变得容易发怒，非常恼怒，而生气不是我所要的情绪。信件的邮戳是纽约的，邮政编码则是我公寓的。这明显又意在挑起我的恼怒情绪。没有回邮地址，这使我几乎不能，不，完全不能做出回应。事态发展越发恼人，这只是一系列不可理喻和逼人发疯的信件的开端。下来几个月里，我还将收到相同的信件。由于十分明显的原因，我不敢报告警方，也不敢告诉其他人。假如我这么做，我满屋漂亮的造伪卡片就会遭受灭顶之灾，而曾经给我快乐无比的职业就将付之流水。

信件到达的时间正好是我和梅根认真思考我们的关系，宣布结为夫妻不久之前。这是巧合吗？可能是，也可能不是。假如我怀疑亚当在我面前的做作，彬彬有礼但又略带胆怯，拘束而有时又主动和我分享获取珍本的趣闻轶事以及坊间传闻，絮叨古文献交易脉络动静犹如人的命脉一般。让我稍作停顿，但愿这是为了梅根的缘故做个停顿。

在图书交易会上，梅根紧跟在亚当身边。我本能地知道亚当刻意不向我引见梅根。其时，我们出现在同一个挤满人的摊位，他不做任何表示，明显是粗鲁不礼貌的。我和梅根第一次亲切握手，并且轻松友好地交谈。梅根住在市中心，离我家不远。因此我们决定到外边去喝点饮料，一起谈书。她对我的收藏很感兴趣，而我也有意去造访她的书屋。我们的相遇说得上是惺惺相惜。如果确实存在如此巧事的话，这就叫一见钟情。尽管她不近人情的兄长在我一开始和她妹妹交往的那一刻起，就毫不掩饰他的冷峻眼光。他站在那里如谚语中说的第三只轮胎[1]，一条漏气的轮胎，这并不妨碍我和梅根彼此留下的印象。从第一次对饮到几天后又相约见面，我们都觉得我俩是生而相识相知的一对。随后的几周和几个月里，我们走得越来越近。要知道，我和亚当除了君子之交外，从来也没有进入对方的印象之中。当然，我得承认是我插足他们兄妹之间，使他们兄妹见面和通电话的时间少之又少。他似乎比妹妹更需要靠近彼此来释放感情。我逐渐感觉到这是一种病态。可我又能如何呢？就我来说，至少是表面上尽量去和亚当套近乎。在我和梅根从第一次约会到安排大家一起共进午餐，这都是为了梅根我才这样做的。再说，我从来也没有涉足长岛去造访亚当的府邸，曼哈顿午餐至少是我所能做的安排。可惜，是他本人因为要回蒙多克的家里处理水管爆裂事故，在最后一分钟取消了午餐会之约。我们再也没有重新安排午餐。

至于那些恶毒的信函，我不得不提出疑问，他有什么动机要去威胁他妹妹的情郎？他妹妹是他的所爱，她的幸福则是他的最终希望。即便我和他从来没有惺惺相惜，难道他就因此不择手段迁怒于我吗？

回过头来看，我应该尽可能保留这些信函。最好的做法是什么呢？保存这些信件仅仅是在妖魔化自己，而不是寄信

---

1. Proverbial third wheel，意指碍手碍脚的电灯泡。

者。假如按他们所责难的，我又何罪之有？我可能会找到一些线索。可能我已经喝下自己酿成的愤怒与恐惧的苦酒，已经变得神志不清。我将信件一封一封撕毁，把它们弄成碎片扔进马桶冲走。令人沮丧的事业，就像是负罪本身，一如老旧的债券，不像卫生纸，宁可漂浮也不情愿沉没。

在我所关注的种种事情之中，我把重点放在梅根身上，也放在此前和目前从事的柯南道尔项目上，包括我要在自己收藏的早期书籍中杜撰精美题签。这些书是多年前带入英国的，这将以新鲜的历史重组世界。这些书籍将激励我完成费时费日，在形制和文学性方面超越自我所必需的幸运。我和梅都喜欢出去光顾那些不甚奢华的饭馆。她浏览菜单，品尝各式菜肴，攫取只有纽约及其所辖区域能够提供的大量的饮食文化精华。布莱顿海滩的俄国菜，卡纳西的牙买加菜，绿点的波兰菜，肯辛顿的孟加拉菜，如此等等。她白天经营书屋，这就给我大量时间到我的地下室去从事我自己的文学劳作。地下室在我居住的公寓附近，用假名承租。为了不引人注目，我每个月都按惯例不怕麻烦地付现金给房东。

在开始收到那些不祥信件之前的两年里，我一直在凭空猜疑迪尔。一直到梅根邀请我俩去参加她的 35 周岁生日派对，一个令人尴尬的真相才浮出水面。我发现，原来叶芝是梅根最喜欢的诗人。虽然，梅根出生在爱尔兰，可成年后就一直没有回去过。她的平生梦想是有朝一日到德拉姆克里弗去凭吊叶芝的墓地，排队去游览因尼斯弗里的湖心岛，爬上本布尔本山麓，到斯莱戈去喝一杯吉尼斯啤酒，品尝啤酒焗鳕鱼伴薯片。当时，我还不太可能给她如其所愿的生日礼物，但我联系到都柏林的交易商，要他为我买一本 1925 年由沃纳·劳丽[1]私人印制的签名限量版《梦幻》（"A Vision"）。我想，在实现她爱尔兰之旅之前，这可能是获取芳心最适合的礼物。不久后的一次轻松家庭晚餐上，我们一起欣赏感恩节留下来的装饰品，一起分享火鸡。我给我的女朋友递过一杯刚刚开瓶的香槟，奉上我的礼物。

梅根酌去香槟酒的气泡，打开礼物包纸，看到了里面的书。她搂着我又亲又抱，激动地说道："啊，我太喜欢这个礼物了。这是我最喜欢的叶芝散文集。可惜我不能完全理解其中之味。他那曲折隐晦的文笔曾经使我晕眩，可我一定要重新体味一番。"

她的兄长递上礼物的时候喃喃地说道，伟大的思想家都所见略同。我们都明白他的所指。他的生日礼物不是《梦幻》，而是套在破旧的封套里一本扉页上有诗人亲笔签名的精致的早期交换版《诗歌荟萃》（"Collected Poems"）。

他说道："现在你们所期盼的就是剧本了。"

她喜气洋洋地回应道："别忘了还有传记、书信和散文，

---

1. Thomas Werner Laurie，1866–1944，出版商。

叶芝的作品涵括太多领域了。太神奇了。你们男士们可要一起
努力挖掘哟。"

我们都应承她说，我们和她一样为叶芝的多样化感到惊奇。

"哈哈，多么愉快的巧合呀，谢谢两位绅士，"她说道。
"这绝对是我收到过的最好礼物。"

亚当走后，我和梅根在一起洗涮餐具。梅根一直坚持说（这
不是第一次这么说），我和她的兄长应该成为好朋友。她说道：
"就你们刚才送给我的礼物，难道你需要更多的实例来证明你
们志同道合吗？一样的思维，一对书痴，同是小小隐士，并且
和我一样都有点傻气。"

她回到卧室准备睡觉之时，我悄悄地看了一眼亚当礼物
上的题签。我发现这个题签是伪造的，虽然是令人佩服的高仿，
我还是感到愤怒。虽然模仿痕迹不甚明显，还是令我作呕。

我，一个能做得比任何人都要好的高仿者，决定去探究
叶芝的亲笔签名。这是她自诩的亲哥哥能干出来的事吗？自
然，我不会告诉她实情。我的灵魂时常不洁，但并不会妖魔化。
她的幸福就是我的幸福。是夜，我对亚当的看法已经形成了。
无论何时，只要我们碰在一起，我对他当是表面热情，但尽可
能保持距离。我得承认（我并不想有这种感觉），他在虎口夺食。
其时，亨利·詹姆士的信件一直不定时地寄来。可恶至极。

梅根看到我在沉思，感到很吃惊，就问我说："怎么啦？"

"哦，对不起，"我缓过神说道。"我在想亚当呢。"此时，

午餐行将结束。

她笑了，但伤感地说："都想些什么呢？"

我帮她穿好大衣，走出去坐车。她酸涩惆怅地说道："那是我在这世界上所拥有的最喜欢的两本书。"

门外，云中飘下细微冰粒，撞在我们脸上犹如北极寒刺。恶劣的天气使我百感交集，难道这就是我们栖息的可恶世界吗？

霉运终于降临在我身上。

抛开心情，这其实是一个典型的美丽秋日。我睡过头了。起床后，我先煮了杯咖啡。前一天夜里，我和梅根坐地铁到郊外去品尝她在美食指南上看到的据说是本市最好的咖喱仔羊肉。回来的路上，我先把她送回她的住所，到家已经很晚了。有三个不速之客敲开我的门，这似乎不会是我的邻居们做的事。我束紧浴袍，用手指当梳理了理头发，然后走过去应门。我的胃隐隐作痛，觉得是那些信件如约而至，这一次我真要直面相对了。敲门的是两个中等身材的人，一个穿着人造革皮衣，另一个身材矮壮，两腮青春痘。他们各自亮出徽章，盯着我进入了房间。这种场景我曾经在电影里看到，那可是超现实的，这一次却发生在我眼前，不在漆黑的电影院里，而是在我自己的家里。

没有必要描述接下来发生的细节。各种情节各位或多或少会猜想到。经典式的调查已经有几个月了。其中之一是我卷入了一桩造伪案件，我把两本定价过高的伪作分别卖给了两个中间经销商。此后，我再也没有和他们对过话，他们也从此没有联系过我。其中一本是罗伯特·弗罗斯特[1]不那么重要的作品，另一本则另有故事了。那是一本 1914 年出版的《杜波琳娜》（ "*Dubliner*" ），上面有作者在出版当年的亲笔签名。我仿

---

1. Robert Frost Lee ，1874–1963，美国诗人。

描了詹姆士·乔伊斯[1]成一时习惯的由左至右逐渐向上的签名。那本书赚了个大价钱，足有五位数之多。某些专门瞄准定价过高和估价过高的笔迹鉴定专家把这本书做了鉴定后报警了，我因此给逮着了。

在逮捕过程中唯一离奇的部分是，警官进门后尚未整理着装就坐下来和我小聊了一会儿。他们向我出示了有我亲笔写的认罪文书。很对，的确是我自己个性化的书写习惯，为的是防止有人模仿我惯常的语气使我躺枪。我的书写几乎无空可钻。当他们看到用我亲手写出来的字并不像他们手中的文本，他们似乎不太买账。我突然爆发出一阵雷鸣般的大笑。心想，无论是什么人假借詹姆士签名写的恐吓信件都上不了台面。这种只有知情人才能够明白的玩笑，只有我和他会真正欣赏。我在市中心拘留所坐在硬梆梆的混凝土凳子上和 20 个恶棍度过了一个晚上。第二天早上我在自我取保候审后被释放了。我既恨陷我于不义的畜生，同时也欣赏他的幽默感，可惜他模仿我的笔迹并不完美。我推断非难我的人只是抄了我书写的片段，并没有花费太多功夫去研究，或者是没有完成研究，不过仍然相当接近，但某些熟悉我技艺的人仍可以认出这是仿品无疑。但假如它进入司法程序，警方和法庭都不会采用我深思熟虑的证词的，所幸它没有进入司法程序。

---

1. James Joyce，1882–1941，爱尔兰小说家，上文说的《杜波琳娜》是他的短篇小说集。

我也在拷问我的记忆。我苦苦思索过去几年里经手的成百上千的作品，想猜出使我命运出现大转折的幕后操手。无论对还是错，我会将亚当·迪尔列入屈指可数的黑名单。他算一个，因为他有获得我的笔迹的渠道。他完全可以秘密查阅我写给梅根的情书（太多了，我们曾经不知廉耻地相互模仿签名书写爱情字条，尤其是开始约会的几个月里）。偷看我们浪漫的情书交换对亚当来说并非难事，梅根已经搬来和我同居了，因此他每次进城都会在梅根的住处下榻。另一方面，我是一个众所皆知的卢德派[1]，顽固地拒绝用计算机来输入文字。在藏书领域，人们可以找到任何数量的信件，更不用说票据和支票了。这些都摆在那里任由人们研究和模仿。

让我用绝非不专业的术语来形容在狱中的那一夜，尤其是在俗称为坟墓的曼哈顿市中心的看守所里，度过一夜就已是太久。我不清楚我所面对的是不是只有那一宗案件。我决定要做的每一件事都得在有限的自由行动中完成，付出不懈的努力去挽回我的生活。梅根是这个过程中的关键人物。

"你有如此傲人的知识和技艺，"她信心满满地说，"可你付诸行动的方式仅仅是有利他人而不是有利自己而已。"

令人鼓舞的话语。我得承认，仅自己承认，我在找一条路线，编排好具有欺骗性的、富于幻想的，最终是瞒天过海的剧

---

1. Luddite，19 世纪英国自发的工人运动派别，通过捣毁机器来反对企业主。

情，把过去没有写下来的词句和美妙的想法带入世界。我的杰作的确有利他人，到头来只是纯粹的自我陶醉。这种自我陶醉，无助于我彻底摆脱已经陷进去的财政、法律和道德泥潭，而只能悄然无声地推波助澜。

我接到的第一个电话来自我在普罗维登斯的朋友。他已经听到突如其来的小道消息，知道那本珍本书惹事了。感恩上帝，我被拘留的消息因此变得没那么吸引注意力，也没那么重要了。但是，书商们天生就是传播流言的渠道，毕竟，这是一个极小、极特殊的圈子

亚迪科斯怒气冲冲地说道："我曾经怀疑过您与这件事有关。我提醒您，虽然这种事情很少出现，但我想，在一段时间里，一本书，一封信如此引人注目也确实少见。这就使我想起令尊。我对自己说，苹果不可能从树上掉得很远，尤其像令尊一样的大树。"

也是，他对我大发雷霆，他受到伤害是情理之中的事。我很真诚地告诉他，多年来我卖给他为数不少的作品都是真品，当然其中也夹带了我自己认可的赝品。我进一步说，我其实是羞于行骗的新手，我愿意买回所有的赝品，加上百分之二十或者百分之三十的额外补偿来赎回所造成的麻烦，行吗？没有问题的。我一贯非常低调，蜗居在租来的公寓，工作于廉价的书斋，除了藏书癖，我没有任何的不良嗜好。我开了一个来路正当的存款账户，主要是父亲的悉心投资和用心维持的遗留，

我可以用这个钱赔偿您，也可以动用我的永久收藏（应该是现在的暂时收藏），出售一些我极为珍爱的私人喜好来筹集更多的钱。我承认有愧，作为回报的条件是您不要提出任何指控，不要提起诉讼。他应允了。

我深深地吐了一口气。大多数书商都采取了相似的做法，倾向获得金钱补偿，而不是诉诸法律和出庭作证。警方没收了在我寓所里搜出的所有伪作，同时也在书界广泛搜集此类作品。虽然，我很想找出事情发生的原因，但完全茫然不知情。父亲从来就对警察全无好感，而这一方面，我恰恰继承了父亲的秉性。我不止一次请求放弃追诉，但保释官要我噤声，劝我少说为妙。我一直认为我的作品价值无比，从法律角度看则完全等同废纸。一个有权接触没收物品的胆大妄为的官方人士认同我的估价，趁人不备分几次偷走了我的一部（或三部，又或者十部）伪作，悄无声息地把它们回流到市场。我听到他向二手书商描述这些书。可耻的警察，肮脏的警察！他说道："我祖母死的时候，我在她家里发现了这些书。我估计我祖父生前是一位收藏家。我不知道值什么价，但我们家想要卖掉这些书。"二手书商以低价收购了这些书，然后打电话给另一个书商，并按分类提高价格，说是他捡到几件宝货，从构建上看得出来是好东西，可以轻松出手，轻松获利。我估计下一个书商并不了解这些书的灰暗出处，他（她）给这些书标上零售整价，然后上架出售。谁会知道，在将来某个书展上，我这些被放逐的孩子们又将逐一再次浮出水面？

　　一如所料，来梅根书屋的朋友们和某些顾客们向梅根表达了他们对我的信用的无比关切。不管这些关切会不会影响她作为一个销售商的个人声誉，梅根一如往常保持和我的关系。天晓得还会不会有其他评说。这些清纯善意筑成的无可指责的堡垒，无非是想通过他们迫切的努力把梅根从我的毁誉中解脱出来。我内心略感宽慰，因为还能在绝望之余与我曾经如此亲密的人儿保持关系。我的错误，我的罪行和我被隔离应该不会使我们的爱情再有破碎，除非她也做了相似的错事。我的判决（已经成为现实）会不会开启加速我们所经历的爱情的通道呢？我不能再伤害她对我的信心。我是自己麻烦的制造者，这并不意味他们虔诚、伪善的干预不会惹怒我。我认为这种干预仍然是一种可以估计到的世俗行为。

　　我不能预料的是亚当的关心。他支持我和梅根吗？因为他知道我了解他，我可能用可怕的手段在他江湖冒险事业中对着他柔软的下腹部狠狠地插上一把非难的刀，把他和我一起拉下水，把他逐出造伪者的天堂。他会不会默默赏识我为了不使这种窘境把我毁掉而做出的挣扎呢？假如他最终发现自己内心不让别人分享与妹妹的时间和情感的想法是荒谬的，他会不会停止对我与她妹妹的关系的怨恨呢？我从来也不会忘记，他们是一对从小相依为命的孤儿。我或许存疑，但可以肯定地说，这些都不是问题的答案。尽管只是偶然听到梅根和她的兄长在通话中的只言片语（我承认是偷听到的），但亚当非常明确地希望妹妹另找一个男朋友，他似乎对我的失望比对我的赞誉更多。

幸运的是，随着时间的过去，她那些好管闲事的朋友把话题转到了向他们的其他熟人提供他们谨慎的建议。亚当也逐步从视线中消失，回到蒙多克继续过他的隐居生活了。事情的发展使我如蒙大赦。我只服了简短的刑期，大量的时间是完成我应承担的社区服务时间，在城市公园和沿着林荫道清扫烟头、落叶、安全套以及诸如此类的杂物。曾经背着满满掮客挂包的日子已经到头了。在遭到一些公开拒绝之后，我最终被一家小型的但信誉非常好的拍卖行雇用了。我的雇主曾经在一个偶然的场合认识我，并且一贯赏识我在文学和政治手稿素材方面的专业程度，也间接听说过我传闻中的佳话。感谢上帝，以前我没有在他的拍卖行推销过我的任何作品，所以我的记录是干净的。他设定的试用条款非常简单明了，我认为可行。别搞砸了。

我没有搞砸。我每天准时上班，直接走到我的编目台前坐下。我的工作是研究成堆的书籍和手稿，编写收藏描述。这些都是十九世纪末和二十世纪初英美珍本，也是我有所专攻的领域。由于我自己不从事书籍买卖，我得以利用我多年的专业技术去检验和描述他人的收藏，可以轻车熟道地驾驭个人的投入，充分体现出我所获薪水之外的价值所在。我肯定可以偷偷地在送到拍卖人手中的一批没有亲笔签名的书上加上题签，但是我会因此被轻易逮住。除了在写字间里有太多的人之外，还可能会被委托人发现。编目没有明确的利润指标，这就给我提供了一个安全的工作环境，使我能在社会上重新获得一席之地。假如我没有感觉到造伪的轻佻，几近狂喜的欢愉，我所获得的回报将是几乎每一天都会有甘醇的幸福和宁静。这种回报来自诚为己先，奋力向上。

二月飞雪和三月冻雨让位给了四月飘雨和五月阳光。

亚当之死一案尚未有告破的迹象。精神几近崩溃的梅根却对此事尽力回避。至于我自己，或许读了太多的柯南道尔的故事，福尔摩斯在演绎谋杀者行动的时候，喜欢引用塔西佗[1]的警句："Omne ignotum pro magnifico"（拉丁语）即未解之谜实在妙不可言。他习惯边走边抽烟斗，在吞云吐雾的同时不忘戏谑华生，说他在寻找目标无果之时也不动声色。据人所知，亚当曾经出手过伪造题签的文件，此举无疑使他曝光在愤慨甚至狂怒失控的买家眼前。是不是他们已经醒悟到亚当多年来一直在从事造伪勾当？问我就行，我知道。按照他们的思维逻辑，情急之下就可能产生谋杀动机。我估计，是亚当的造伪行为使自己陷入麻烦。

导致事发的真相是，多年以来亚当一如鄙人，没有保持良好操守。在我挑战法律的那段时间里，我注重细微的记录使人无法从鸡蛋里挑出骨头。具有讽刺意义的是，亚当需要的正是那些刻意隐瞒身份的人忽略他和他的生活。因此，除非当事人站出来讨回亚当出手给他们伪作的钱，否则事情就无踪可寻。进一步说，在蒙多克别墅混乱的犯罪现场，从来也没有发现非常有价值的线索，这些都于事无补。我已经从混乱中清醒过来。而使梅根沮丧的是，当第一批警官到达之后，他们笨拙的行动

---

1. Tacitus，公元 55– 公元 120 年，历史学家。

污损了为数可观的证据。为了防止可能还潜藏在屋里的坏蛋，警员们手划枪指，在搜查别墅之时一片混乱，他们随意踩踏书本和血迹。因此，当搜查受阻，大多数警力不得不重新部署，可供截取的气味也随之消失（假如有的话）。亚当的谋杀案越来越接近成为死案。

警方通知梅根，他们已经尽其所能，在别墅的调查也告一段落，她可以随时进入别墅了。这真是令人甘苦莫辩的通告。

所谓苦，是因为警方给出了调查无果的说法。不，现实应该是不彻底的终结。所谓甘，如果可以说是甘的话，那就是尽管最近在这里发生过令人毛骨悚然的事件，迪尔的别墅在梅根的眼里依旧美丽，依旧富于震撼力。儿时欢乐的无限记忆，长成之后和亚当共度的美好时光，都凝结在蒙多克。在我的帮助下，梅根努力思考一个问题，即是否用美好的记忆去驱散阴影？如果证实不可能，她有可能失去整个家族赖以为继的最好海滩产业，梅根可能会把它卖掉。蒙多克海滩是一个黄金地段，保守地估计，别墅的最低出让价也会是七位数。如果我们愿意的话，这个价钱足够让我们搬到其他地方去开始新的生活。我们甚至讨论过一起放下在纽约的工作，到法国温暖的南方或意大利里维埃拉去，花大价钱租个房子住几个月。我们相处的一年里似乎没有麻烦的事情发生。审判明显告一段落，悲剧是最好的一剂良药。

工作结束后的一个晚上，梅根做了一个让我吃惊的决定。

她一改忧郁的口气说道："我们去蒙多克，我已经彻底恢复了。"

我略带迟疑地问道："真的吗？"我想，她是不是真的可以去面对她的兄长惨遭杀戮的现场了？

她回答道："真的。说真的，如果你有空，我想明天就去。明天是星期六，估计会是个好天气。伙计们会打理生意的。没有必要推迟了。"

我们起了个大早，迅速装好野外午餐包，驾车穿过去往长岛高速公路的中城隧道，直接驶向蒙多克。我们啜饮着从暖壶里倒出来的咖啡，欣赏着扁圆橘红的太阳升上早晨一尘不染的天空。我们把时间选得很好，因为这个时间段路上车辆不多。当我们离开高速公路的时候，太阳已经完全升上天空了。周围都是晨跑者和遛狗的人们。不久，我们就开进了一条通往别墅的短道。

"你是不是先伸伸腿，在海滩上放松一下？"

我想很快平缓一下来这里的内心不适。梅根看到我不甚爽快的样子，脸上换上感激的微笑说道："好吧，等一会儿吧，等一下再放松吧。如果我们还有闲情逸致的话。"

我们吃惊地看到，警察的黄色警戒胶条还横在别墅的前门。

我转过头问梅根："不是说这里的调查已经圆满结束了

吗？"

"他们是这么告诉我的。"

"也许他们忘记撤去警戒线了。要不我们不去碰它？还有另外的门吗？"

"后边隔水围栏那里有。"

我跟着她沿着别墅的边沿，经过似乎多年没有修剪过的蒺藜树丛，从山下一条狭窄的私家小道穿过一条用重桩支撑并带悬臂的长廊。在长廊上，我们可以将天然去雕琢的海滩尽收眼底。我们爬上一条从沙滩往上的不平整的阶梯。海浪富有节奏地轰鸣涨落，其间传来海鸥的声声鸣叫，海鸥如同看不到线的风筝在往上飞升。头顶长廊的平台两边摆着一对经时光打磨后油漆已然褪去的木椅。我们从椅子中间穿过，走到后门，只见门半掩半开着，任由轻佻的海风戏弄，发出焦虑的拍响。晴朗的天空，翻滚的海浪溅射出美丽的水花，冲击着我们的皮肤，散发出带着浓郁盐味的阵阵香气。

我闪在一旁让梅根先进屋。屋里的气味令人作呕。屋里空空荡荡，一无长物，也不见任何污渍，但一股化学酸味扑鼻而来。我们把窗帘向上拉开。这是一扇面对长廊平台和远处大西洋海平面的窗户。打开窗户，清新的海风迎面吹来。我们相对无言，环视着突然洒满阳光的房间，看到亚当书斋里并没有留下清晰可见的乱象，不由得双双吐了一口气。很明显，已经有一队清洁工人来过，把所有具有生物危险的物质清理干净了，换句话说，他们把硬木地板上的血迹抹掉了，把地毯吸干净了，把墙壁清洗干净了，如此等等。被破坏的物件以及证明犯罪与相关的琐碎证物早先已经拍照记录并且移交至证据库。毫无疑问，这些证物将一直保存到潜入者被抓获和起诉，而亚当的损毁物件将成为呈堂证据。所幸，亚当的书籍还在。

梅根走到排在墙边的书柜前，漫不经心地抽出一本书说道："不知为什么，我没有指望他们会留下他所有的书。"

我顺着她的话说道："我很高兴他们没有这样做。"我瞄了一眼迪尔书桌上方挂着的一个古旧的描金画框，一幅奥古斯塔·约翰[1]的油画。很明显，它是一幅真品。据我所知，或者凭我的感觉，亚当并没有进入颓废派艺术的造伪行列。我接着说道："我想这些书对警察毫无用处。现在都是你的了，这里所有的一切都是你的了。"

梅根把手中一本套着光亮防尘套的书递给我，说道："你看看这本书。"这是一本卡尔·桑德堡[2]的《美国诗趣》（*The American Songbag*），衬页上有他的题签。版权页上印着"1927 年"。

"这不是第一版的吗？对了，正是第一版。"

"请别说。是真品吗？"

---

1. Augustus Edwin John，1878-1961，英国油画家。
2. Carl Sandburg，1878-1967，美国传记作家、诗人和收藏家。

"你说那题签？"

我再次审视题签的时候，看到她皱着眉头，强压住不耐烦的情绪。我知道她的意思，她一脸明显的希望与关切的神情。我审视着，不管签名是否是模仿的，我知道我该怎样说。

令我高兴的是，它确是真品。很明显，题签用的是桑德堡的白金笔尖自来水笔，他有如女学究用直尺画出的水平笔直的基线显示出他的北方佬风格。他姓氏中"db"花哨地连在一起，看起来似乎是诗人异想天开地把"M"的花体字加两个豆腐点一样组成"Sandburg"。万幸，不必吃惊，所有这些都证明是真迹无疑。

"像珍珠一样真。"

随便翻看几本书的衬页和扉页经常会产生令人振奋的效果。第一版毕竟是第一版，状态始终如一地保存紧固。我可以不加研究当场认定，绝大部分作者签名都是对的，而很多都是我自己没有收藏的。梅根苍白的脸上出现了潮红，玫瑰色的，像极了荷马式的清晨阳光。她长长地吐了一口气。这不仅仅是因为她继承了一笔非常有价值的文学珍品收藏，更重要的是，在她心里，亚当的名誉一定会从几乎毁于一旦的边沿上得到极大的恢复。他并非彻头彻尾的骗子，在他生命中度过的最后几年保存在书架上的这些书可以证明一切。他的文献知识值得钦佩，他的收藏却如此怪异，一个平庸的收藏者固执地摆放满满一墙循规蹈矩的书籍，那或许是他的特点吧。这些书大都是不入我法眼的，为什么他会不厌其烦地把他自己的伪作混在真本里呢？他想愚弄什么人？当然不会是他自己，也不会是我。他真是个怪人。

我接着问道："我们来做个鉴别游戏吧。你觉得奥古斯塔·约翰的油画怎样？你可是艺术痴人哟。"

她看都不看一眼就说："最好是真品。是我爷爷在老家从约翰的侄儿那里收的，在我们家已经有几十年了。难道不漂亮吗？"

漂亮。这是前拉斐尔派[1]的世俗美人肖像画，她的手腕稍稍托着下颚，双眼丝毫不掩饰地直盯赏画的人。我一边欣赏着画家灵巧的笔触，一边感慨此画的源头故事，想到梅根家族的世代传承，我不禁瞬间感到一丝遗憾，疑似伤感，不由得对那些像我自己以及已故的亚当·迪尔屈尊以伪造精美如这幅油画的作品感到作呕。是啊，我们应该为自己感到羞愧。我和梅根正在欣赏的这幅画会不会是一个世纪以前某人的伪作呢？羞愧。我们之所以这样做，并不完全是由于我们的技艺使然，是因为我们自己的激情所致，是根据扭曲的社会追捧导致我们有此作为。我们的激情可能与奥古斯塔·约翰自己钟爱的女人模特造像不同，我们天生就拥有大师级的技艺和永不停歇的冲动。

---

1. Pre-Raphaelite，1848 年英国兴起的美术改革运动。

这是一个令人困惑的时刻，曾经发生在这间屋子的凶暴场面历历在目，这使我的思绪随之不断变化。眼前的一切似乎都不是真实的，可这个"真实"与我关系不大。我清楚，这个家里最大的不同是梅根的兄长与梅根的情人的区别，是我们对我从亚迪科斯·穆尔那里买的柯南道尔藏品的离奇反应，仅此而已。他模仿，我创作。他只是一个工匠，我却是一个艺术家。他已经死了，再无素材来源，我却感觉自己仍然困在其中。假如我能够以奥古斯塔·约翰那样的神来之笔描画我的作品，为什么我不给自己一个机会去捕捉其创作这幅画时的经验？哪怕是某一点神韵，或者更好的词句？我记起了二十世纪最伟大的艺术造伪大师艾尔米尔·德·霍里[1]曾经描述过自己的画作，说假如你把它们与最伟大的艺术作品荟萃挂在博物馆里，假如它们挂在那里的时间足够长久，它们就会变成真品。他是一个真正的信仰家。

梅根问我："你怎么啦？"

我回过神来说："没什么，没什么。喝了太多的咖啡。"我对着她笑了一笑。只要我活着，我将永远不会忘记我忽然感觉晕眩的那一刻，我向自己提出了一个连自己也没有答案的问题。

我和梅根继续审阅亚当书斋里的书籍。大多数书是签了

---

1. Elmyr de Hory, 1906–1976, 匈牙利艺术家，曾致力模仿毕加索等大艺术家画作。

名的或者是有题词的。有名的著作与偏好私人兴趣的作品混杂无章地摆放在一起，所有的书不是按字母顺序排放，甚至不按主题摆放。《荒凉山庄》[1]（"*Bleak House*"）的手稿毫无道理地插在苏格兰马术历史旁边。怪异的图书管理员。几本带有威廉·福克纳[2]亲笔签名的作品在我看来似乎有什么地方不对，因为福克纳签名是最容易模仿的（但事实上是最难的），他成为业余造伪者的最爱。在书的旁边我还发现一本俄国密教主义者和数学家奥斯本斯基[3]的论著，我对这些签名一无所知，也不感兴趣。鉴别问题相继提起，有时是梅根的发问，有时是我的解释，不断出现签名和亲笔题词，都应该是我知识范围内可以做出鉴定的。那些我觉得不对的则是我认为没有必要解释的，至少没有必要在梅根面前把面纱撕破。

我们来到海滩小憩，共享午餐。三明治，薯片，塑料杯盛满白葡萄酒。放眼看去，万里晴空，云彩被海风吹到了海平面的尽头。蓝天下，我们坐在沙滩布上，海风轻轻地吹拂梅根的头发。此刻，我觉得我从来也没有看到过如此招人爱怜的梅根。

我问道："我们来你高兴吧？"

"这次来并不容易，也没有你说的乐事。不过我还得说，

---

1. 狄更斯小说。
2. William Faulkner, 1897–1962, 美国文学史上最具影响的小说家、诗人和剧作家。
3. P.D. Ouspensky, 1878–19247 俄国密教主义者和数学家。

我很高兴我们来了。也许这是直接进入我大脑的第一个婴儿？"

"你说的是结论吗？"

"我觉得不会有结论的，我说的是他的死亡方式。我的意思是，努力去体会到底发生了什么事，努力去了解什么是真实的，什么不是真实的。"

又是一个棘手的词——真实。

在我们收拾东西，叠好沙滩布的时候，我刻意转移话题。我问她："你认为要在我们回家之前检查完他的文件、账单和其他的物品吗？"

"律师说有必要，把房契单据整理一下就好啦。"

回到别墅后，我俩做了分工。我主动要求去查看他的书籍交易账目，看会不会有重要的票据要归类，会不会有他在交易中的欠账单据。梅根则是查看物业账单和其他类似的账单。

亚当保存的书籍交易账目来往清单比我想象的要乱得多。调查官员已经重新审阅过这些文件，他们发现这些文件对他们的调查毫无价值，也对它们不感兴趣，因此将它们重新放入两个保险箱里。我把两张付款票据放在一边。由于某种原因，我曾想不去理会，但我还是强迫自己把这些文件按顺序重新归类。我想应该按年月和书商的名字归类。我已经喝过够多的酒，享受过够多的海风。即便身处如此怪异的氛围，亲历如此可怕的任务，我还是感到内心一片宁馨。

　　随后，我发现一份足以令我屏住呼吸的文件。一张打字的字据，这与亚瑟·柯南道尔十七封未出版的信件有关，而这些信件又与《巴斯克维尔猎犬》一书有关。字据还附了一份该书手稿的残片。什么？收据上有书商的亲笔签名，太令人惊奇了。字据是用任何一家文具店都可以买到而且是我不能分辨的便笺纸打字的。这种做法明显十分业余。不，或许我能够辨认签名呢？亨利·斯莱德，这是警方曾经提及的同一个人。地址写的是一个纽约哈德逊河上游附近的森林小镇多布菲利斯。字据上没有日期，也没有说明迪尔是否已经付账，但我猜想此后再没有跟进通知。字据背后是一串用铅笔竖写的数字，我无法据此揭示其中奥秘，能猜想可能是代表了连串的债务。我惊住了，也呆住了。这就是说，不，这意味着亚当·迪尔没有伪造我如此欣赏和妒忌的那些文件藏品。我承认，我曾经恨他设计和把这些藏品带进我的世界。我看了一眼梅根，她从书斋尽头的另一张桌子的抽屉里找出一大堆账单。我看到她对自己的任务极为专注，就默默地把那张票据塞进我的裤袋里。不管这个斯莱德是什么人，我都要把他挖出来。在回城的路上，梅根问我为什么如此安静。

　　"我在思考生活为什么如此复杂，以致我们无法控制。我是说亚当。"

　　她说道："不说了，他已经不再生活在复杂之中了。"

她在沉思，她在凝视松松地套在手上的百达翡丽腕表，扣紧表带，似乎怕手表掉下来。

我想应该如此。我伸过手紧紧地握住她的手。

多布菲利斯是一个河边小镇。

至少在感觉上，这个小镇很像是蒙多克的翻版，蒙多克
紧挨曼哈顿却又感觉远在天边。我请了一天假，对梅根说我要
出去搜寻孤本。我对她说，我发现有一些非常好的书店，书架
上的首版书已经不能承受其重了，再说我也想出去换换空气。
我驱车上了索米尔绿道，在事先从地图上查到的出口下了路，
沿着亨利·斯莱德在字据上标示的地址方向开去。我试过从交
易商指南和电话本上寻找他的名字，但他的名字在这些本本上
根本没有收录。其实，他不在其中我并不感到意外。我感到不
可思议的是，他到底为什么要给亚当字据而不是现金交易？为
什么是夏洛克·福尔摩斯的档案材料而不是纸质版的书？又为
什么称之为某一日，即国旗日。

当我把车开上街道的时候，我有点犯傻了。我如何才能
在陌生的眼神中搜出亨利·斯莱德呢？假如我真的找到了亨
利·斯莱德，我又该采取什么行动呢？我有点气馁。我不能
贸然发问，问他的作坊里会不会偶然留有失落的夏洛克故事？
这是一条居民小巷，与其说是乡村小巷还不如说是郊区小巷。
小巷里的房屋在街道上上下错落有致。路两旁有橡树、枫树，
橡树上长满成熟的坚果；四周还有成片的如茵绿草，呈现出
一派六月的繁茂与葱绿。我估计他像我曾经一段时间做过的
那样，应该是一个居家工作者。我把车停在街道一边不起眼
的两层红砖屋旁边。这里的情景让我惊讶，至少是意想不到。

我看到草坪上散落着不少儿童玩具，有粉色的人造皮足球、躺在足球旁边的自行车，五彩缤纷的塑料丝带在手把端部飘曳。此间有人居住。只见房屋黑色的前门由两扇窗帘半掩的窗户拱卫着，似乎这家主人处于蛰居状态。我走下汽车，准备上前去敲门。我犹豫了，是不是一定要去唤醒这位沉睡者呢？这并不关乎我想问什么，想说什么，自我与梅根从蒙多克回程以后，我曾经日以继夜地在脑海里推演过各种情节："你是怎样认识亚当的？你还卖过什么给他？你是如何谋划与《巴斯克维尔猎犬》有关的杰出伪作的？你到底是什么人？"如此等等。

开门的是一位高龄女士，白头发在头顶束成松松的发髻，身上穿着一件皱巴巴的品蓝色居家便服。从年龄上估计，她不可能是孩子们的母亲。她用小棉球压着左鼻梁问道："你来干啥？"

我有意避开她的流血的鼻子，眼睛越过她朝前厅望过去，说道："我来拜访亨利·斯莱德。他住在这里吧？"

"对。我把后屋的一套房子租给他，可两个月前他就搬走了。如果你认识他，帮我把这封信带给他好吗？"

我想说谢谢，好的，我会帮你带给他，但我嘀咕了。我想问她斯莱德去哪里了？但我知道这是一条不可逾越的底线。她会轻而易举地当场揭穿我这种小学生玩的小伎俩。我又想，假如她漫不经心的提议不是一个圈套呢？"我知道有人认识他，我女朋友的哥哥。"

"哦，对不起，那我帮不上你啦。我不知道他搬到哪里去了，也不知道怎样才能把信给他。"

"你记不记得有个叫亚当·迪尔的先生来拜访过他？一位高个子、红头发的藏书家。"

对于我的问题，她想都不用想就可以回答。她说道："除了警察来问他一些远在长岛的事，我还没有见到有别的人来过。他说他不知道警察要问的事。他就这么说的。所以，对不起啦，可——"她把带血的棉球拿下来，皱着眉头看了看，然后耸耸肩叹口气说道，"我真想帮你，可我帮不了。"

"妈，那是什么呀？"门道那边突然出现一位三十出头的妇女和一个小男孩。毫无疑问，这个小男孩就是足球和躺在草坪上的自行车的主人。

"这位先生来找斯莱德先生。"

她说道："呃？他有一些信在我们这里，像是目录之类的东西。"在她说话的时候，小男孩从我和老妇人中间挤过去，到前院玩去了。

我未加思索，马上认为第二次机会来了。我说道："我刚刚对令堂说过，我女朋友的哥哥认识他，而且—"

"太好啦。"她说完就转身走了。我和小男孩的祖母各自神不守舍地看着小男孩在院子里玩球。

在往回开车的路上，我意识到我悄悄留下的字据可能就是当局已经找到的证物中间的一份，如果他们继续追下去的话，肯定是毫无实际意义的。如果他们了解到有关《巴斯克维尔猎犬》的信件并不是他们看到的那样，他们可能会进一步追踪。但他们又怎么可能了解到呢？他们不能，但我必须一探究竟。与此同时，我在不断地问自己该如何处理我带走的信。我答应要把这些信带给斯莱德是一个虚假的承诺，明显口不对心。假如我真的知道他身处何地，我为什么要去多布斯费里找他？面对接受我建议的房东和她的女儿，我真是无地自容，可还是禁不住要这样做。那些目录和两封信就摆在我的副驾驶席上，似乎在责备我，但似乎又对我寄予希望。在这上面似乎有太多不符合逻辑的迹象。这个亨利·斯莱德被裹在重重迷雾之中，这可能是我揭开他面纱的唯一希望。我陷入了臆想。我盯着后视镜，希望看到一辆巡逻车车顶亮着强光，坐在前排座位上的房东用手指着我说，就是他，就是那个造假的家伙，偷走信件的贼，警察要抓的罪犯，神经病。我希望永远不要再见到这种人了。

那天下午回到寓所后，我急忙把信件拆开。令我失望的是，两封信都是"敬启者——"之类的垃圾信件。丧气。我又拆开了另外三封古文献交易商的目录。有点希望。其中两位书商是很有名气的。的确如此，不久前我还收到过他们向我推荐的目录，另一个来自宾夕法尼亚的书商则是我从未闻过其名的。这没有什么奇怪，在这个行当里有不少业余的半吊子从事文献交易。正当的书人在网上卖书，而在乡村交易中，人们往往在古玩店的后屋或者书仓里展销他们的二手书籍，他们会把文献堆在干燥的地下室或者空闲的卧室里。图书界是一块迷恋者的碎布拼图，除了引起狂热的印刷品之外的作品，相互之间鲜有信息互通。我不可能也不会认识身边的每一个图书交易商，更不用说远在天边的了。

我的联系人是两位知名人士，都在纽约市。他们十分热心地帮我在现有的顾客信息中查找斯莱德。他们发现斯莱德现有地址仍然是多布斯费里，没有做进一步的更新。我以合理的理由向他们打探斯莱德，说是我欠他一些钱，因为找不到他而无从偿还债务。但是，他们说他们也没有更好的方法找到他。其中一位不失风趣地说道："但愿我们的每一位顾客都像你一样操心他们的账单。"与其直接去找宾夕法尼亚的那位并不（可能）是从亚当那里知道我的交易商，我选择了给亚迪科斯打电话。我与此翁经历了道歉、赔偿和逐渐和解的煎熬，现在已经接近彼此谅解的友好关系。他的回答很吸引我。

"您和他在某些方面有共同的兴趣，大可以追溯到你既卖又收的那个阶段。"

我回击道："我仍然在买，只是不再卖了。"

"这样啊？他卖的时候多，买的时候少，或者说曾经这样。已经有一段时间没见他露面了。"

当我还在细细品味他的话时，他却沉默了，说话的语气有点改变，话里充满担忧的成分。他问我是不是有些事涉及亨利·斯莱德？我请他放心，斯莱德和他没有直接关联的事。我向他解释说，我和梅根两周前曾经查阅过她兄长的文件，发现其中有些事需要斯莱德说明一下，仅此而已。

"只是想尽我们所能把有关地产的事宜梳理一下而已。"

"警方破案了？"

我说道："还没有呢。"

"太奇怪了。您是夏洛克·福尔摩斯的爱好者，这不是使您徒增烦恼吗？他那种方式在当今这个时代已经不可能扭转乾坤，何况是可怜的梅根·迪尔呢？"

以其说像福尔摩斯先生，我感觉到他说的更像是莫里亚蒂教授[1]。我说了声谢谢，就把电话挂断了。

至于宾夕法尼亚那个书商，我给他打了电话，告诉他我想订两本书。书名是根据我所了解的可能符合斯莱德品味杜撰出来的。这两本书都已经售罄。我不顾一切地想知道是什么人买了这两本书，但也认识到我已经在通往沼泽的这条独特的小道终点碰到了坚硬的石墙。我受阻了。那个书商没有听出我的声音，问我是不是要将我的名字列入他的寄目录的邮寄名录。我说谢了，不必了，然后把电话挂了。我的多布斯费里之行，

---

1. Moriarty，爱尔兰姓氏，盖尔语人名的英语表达方式。

我这个可怜的小笨贼寄予希望和略施小计的电话归于徒劳。那天晚饭后，梅根要我展示哈德逊河谷的淘书成果，我只好承认此行无功而返。

她说道："一本都没有淘到？这可不像你哟。"

"我现在无法集中精神来想买书的事。"

"可是我认为那正是你要去的原因之一呀。别想事了。"

"好吧。可不想也不行呀。"

我为什么要对她隐瞒事情真相呢？这不是一两句话可以说清楚的。正如俗话所说，无由头的决定。事实上在某些方面，我对亨利·斯莱德的了解只比亚当·迪尔少一些，能够立即关联到我的是直觉，感到他们之间有超出我细微比较的联系。

多布斯费里的无果之行已经几个月了。

我陷入了一种别人会称之为温和的、普通的压力之中，我却从中看到给我绝望压力的是把我从所爱中分离，我所指绝非梅根。梅根是我的所爱，她每天以无比的忠诚、耐心与和善回馈我的爱。正是梅根，察觉出从深秋到初冬，我的情绪随着时间的流逝日见低落。她问我是不是要停下日常工作，走出这个城市，到我们曾经谈论过的意大利去旅行，或者到加勒比去，去一个暖和的地方过圣诞。

为什么不呢？我在拍卖行的工作已经进入按部就班的状态。诚然，我喜欢和所有的题签书籍以及各式各样的文件打交道，我可以通过接触许多有历史价值的素材来获取新的知识。常规就是常规，缺乏危险，没有冒险，而这都是我想入非非时心跳加剧的事。我知道，有个工作已经幸运，但仅此而已。我曾幻想已经找到亨利·斯莱德，或可能与之相遇，但所有希望都很快破灭。有一段时间，他在我心里甚至成了一个幻象或者梦境中人，而不是实实在在站在某处有血有肉能呼吸的人。就是这么一个人，营构赝品而留下缺陷，时而精致，然后转手给其他对其丝毫不加怀疑的藏书交易商如亚当·迪尔之流。我得承认，斯莱德是个无解之谜。最能使我身心获益的是忘记这个人。我尽可以带着对他的怀疑去面见警方。可是首先，他们不可能仅凭对一张略有怀疑的旧字据去推论某些夏洛克·福尔摩斯文件是仿品而被我引入迷阵。因此我回答梅根说，离开纽约到外面去度假是个绝妙的好主意。令我吃惊的是，她预订的机票目的地不是意大利海边城市，不是法国里维埃拉，甚至不是加勒比地区，而是她的出生地爱尔兰，而且是直飞都柏林。

"没错，那地方有点冷，但我们可以把自己裹紧呀。你知道，我早就希望到那里去了。再说，你如此喜欢手稿，我想着正是最好的机会让你把最好的作品一次看个够。"

我沉思了一会儿，脑子里在搜索两百年以来的爱尔兰作家中的神级人物。我终于理解了她的潜在意思，她想得更早，十九世纪的。

我说道："三一学院？《凯尔经》[1]（ *"The Book of Kells"* ）？你太有才了。"我真心为她诚意所感动。任何一个对最高的书法艺术感兴趣的人，《凯尔经》手绘手稿已经上升到圣洁神性的水平，是终极的令人神往目标。在我十几岁生日的时候，我父母给了我一本精致的对开翻印本。如今，我很快就可以看到原始版本了。

梅根补充道："也为我自己。去的拉姆克里夫朝圣，去膜拜叶芝的墓地也不错。"

"更不用说可以到斯莱戈城品尝啤酒了。完美呀，比完美更完美。"

---

1. 作者 Simms George，该书是九世纪初在凯尔教堂以拉丁文书写的，包含四部福音书，为都柏林三一学院图书馆最经典的藏书，已有三百年之久，是公认的有史以来最伟大的手绘手稿。

　　我那周期性的沮丧仍然时不时出现，随着出发日程的临近，我的情绪已经明显好转。错误就是错误，这都是我自己造的孽，尽量躲避吧。

　　要知道，我还得做另一个有助于澄清自己的忏悔。嗜好比沉迷更甚，至少我的嗜好如此。随着被捕的沉沦而来的是所有旁观者的羞辱，我失去了太多书商界的朋友，漫长的日常碾压之旅重现社会，任何一个都有如残暴的飓风在我的生活中引起颤动，阻止我造伪艺术的最终重归。即便我用锦上添花的方式复活，成为合法的手书鉴定专家和学术型编目者，也无法从真正的自我中救赎出来。可能是因为我对梅根的爱，可能是因为宝贝梅根在我经历整个地狱煎熬的时候一直站在我一边，宁可舍弃自己的损失成为我的保护神，才使我幡然醒悟。然而，独对静夜之际，我面对着自己的家伙什，忍不住手痒，用大师的技法练写珍贵的托马斯·哈代的诗句，写下丘吉尔以温斯顿的手迹写就的著名演说"我们将在海滩作战……我们将在田野和街道作战……我们永远不会投降"。当然，这是将柯南道尔指向"消失"的文章段落笔记的一缕变戏法。他承认其思路来源于皮尔当人骗局[1]。我二十多岁时，第一次了解到（一时成为连接夏洛克·福尔摩斯故事作者相关联的许多理论之一）皮尔当骗局，并将之作为把玩的手法。毕竟，骗局作者只是一位

---

1. Piltdown Man，发生在二十世纪初的皮尔当人颅骨造伪事件，事件被称史上最有名的十大科学骗局之首。

退休医生和业余的考古学者。他收集骨头，但他也必须有一定的知识，才能创造出如此精妙绝伦的情节来推动使人深信不疑的噱头。我的想法也可以和皮尔当人的伪造者一样精妙，别管这个伪造者究竟是谁。

没有迟疑的阵痛，我把这些无可否认但随手乱画的杰作揉碎和残渣剩饭一起扔掉。一朝被蛇咬，十年怕井绳。造伪如同已经深谙其道的情妇，要舍弃如同获得一样困难。没过多久，我就发现自己保存了一些品优质佳的样本供个人品赏。我知道我是唯一的一个在被抛弃之后离行弃业之人，但我相信自己不会隔岸观火。说一句另外的老生常谈，汽笛已经鸣响，我明白它们是由心而鸣，在海湾向我发出召唤。

我们的爱尔兰之旅美妙至极，它使我们各自得以恢复，使我过去两周以来的梦魇得以解脱。我们正好在圣诞之前到达爱尔兰，并在那里过新年。老天没能成人之美，连绵不断的雨水裹挟着湿冷寒风刺透骨髓。我们沿着既定的旅游路线，在雾中参观了著名的莫赫悬崖，在蒙蒙细雨中瞻仰了圣帕特里克大教堂，我们都很幸福。至于我自己，基于我最近的状况，在一段时间里我已经几乎没有去思考故态复萌之事。我连书写工具以及任何造伪所需的物事一件都没有随身带来，虽然想，但我不能凭冲动行事。无欲意味着无求。再者，除了偶遇的一对书商之外，我们在这里所遇之人无不是友好、坦诚和善良之人。和梅根造访都柏林及高威的书店之时，我并没有向他们介绍自己，反而是他们似乎知道我是什么人和我过去所做之事。他们向我发出暗示和表示关注。我是一个清白之人，并没有见不得人的过去，因此也不必遮遮掩掩。我已经忘记匿名之美妙，尤其是提防他人作祟的匿名之类。

虽然天不作美，夜晚，我们在乡村西南海岸找到了一家精巧的旅舍。我和梅根来到旅舍的饭厅里共享晚餐。室外，寒风拍打着窗户，天空不时为无声的闪电划亮。我们的旅程已经接近尾声，我们的心情无比平和。忽而，我们餐台附近的壁炉亮起一缕明快温暖的火花，释放出一股泥煤的香味，火焰宛如活里活现的精灵在我们的红葡萄酒杯上跳舞，我来不及思索，也没有刻意为之，我恳求梅根和我共结连理。

"你不会酒后胡言吧？"她风趣着说，眼窝里泪珠打转。

我告诉她："我要娶你。你愿意吗？"我伸手把她的手紧紧攥着。

"我说'愿意，我说我愿意，我愿意'。"

"我引用爱尔兰诗人乔伊斯的话说，这真是无耻至极。一句'愿意'就够了。"

"那么，回答就是简简单单的一句话：愿意。"我们来不及结账，就隔着餐台吻在了一起。随后我们拿上还没有喝完的酒瓶朝楼上的房间直奔而去。

回到了曼哈顿，幸福的喜悦还没有消失，至少就一段时间而言。我们不动声色地在市中心的市政厅办了结婚手续。

梅根的伙计们向我们发出热情的邀请，邀请我们到书屋去参加他们自发为我们举办的派对。白色的花朵与屋外的飞雪相映成趣。书屋里，他们奉上自制的冷盘和香槟，还有梅根的最爱胡萝卜蛋糕，蛋糕上是古旧粗制的新郎新娘的塑料塑像。亚迪科斯甚至不计前嫌，给我们寄来用耀眼的锡箔包装的高端爱尔兰威士忌，绿点·康内马拉知更鸟牌的。尽管酷寒，那个晚上却温馨如春。我们在清新的飘雪下漫步回家。飘雪淹没了城市的声音，磨平了城市建筑物的棱角。夜深沉，街上几无人迹，就好像我们是这个美妙的白色世界上仅存的生命体。

我和梅根决定在租期结束之时尽快搬出曾经给我以遮身掩体的公寓。我们打算在托普金斯广场靠近书屋的地方找一个新家。新居应该在她家附近，离拍卖行不会很远，租金也在更可承受的范围之内。多年来第一次感觉生活真好。我们在盘算未来，我决定循规蹈矩地过下去。我告诫自己，现在已为人夫，再不能回到过去为贪钱而不择手段的日子。我期盼，甚至祈祷，莫要让我那见不得人的行为再现。我曾经掀起风浪又被抛进风浪，在众目睽睽下从海岸冲入大海，成为一个沉溺者，不再浮出水面，永远消失。

我不是蠢人，也不会自欺欺人地相信，幸福转瞬即逝、脆弱如草的事情永远不变，不可能的。但是，我珍惜曾经有过的美好时光，现在则珍爱有加。

亚当逝世一周年祭，一个使人心情忧郁的日子。

我决不会想到，原本以为在很久以前就已经烟消云散的谜团，会迅猛地把我再次推向黑暗、痛苦的深渊。事情与一个与我相关的隐姓埋名者，一个我认为已经死亡的人相关。事实上，这个人已经被谋杀于蒙多克，已经被葬在远离大海的墓地里，他的遗体永远不会在翻滚的海浪和如雷的风暴中醒来浮出水面。尽管我已经离开了造伪行当，我又收到了一封来自精神错乱幽灵的恐吓信，他可能没有留意到我已经被迫退出江湖，走向重生。

这一次，这封信假亚瑟·柯南道尔而不是亨利·詹姆士之手写就，这更加深了我的焦虑。这个人到底是谁？他意在何为？不管他是斯莱德还是另有其人，我和他并无竞争关系。虽然几年之前我曾经私下请警方并通过我的律师告诉我谁是这些系列信件的幕后操手。警方佯作无知，从来没有泄露他的名字，说他们也一无所知，认为他可能是一个匿名的线报。首先，他的情报证实是准确的，其次，他没有要求回报，第三，警方自有更多的事情要做，因此婉言拒绝了对他的追寻。

除此之外，警方提醒我，对于我所指控的人，一个可能的造伪高手，假如这个人的确存在的话，他们没有掌握一丝证据来证明他利用他的天赋从事非法活动。

我对此表示怀疑，所以我问警方是不是假设此人存在？

是的，假设存在。假设确有某些卷入造假勾当之人，这也是通过阁下之手带出来的。

你们是说我伪造了那些信件，然后把以神经错乱的迷离方式寄给我自己来实施专业自杀？

为什么不会，这就是他们的回答。在他们眼里，面前的似乎是一个陌生人。

这种交换意见的方式并不经常发生，但令人不快，完全没有效果。我强烈地意识到，警方在刻意保护消息来源。当他们发现无法突破围城的时候，只能选择放弃。我也觉得自己并不完全希望了解真相。有些时候，不赶尽杀绝才是最好的。

而今，他戴着化名的光环重返舞台，这使他的新信件比以往更加令人烦心。他精确地重复了我第一次收到的信件中的语句，旨在从源头发起猛攻。信中说，你将会被揭露，你的骗局将证明你除了是一个普通罪犯而不是一个你所认为的自己是一个聪明绝顶的人。如此等等。

梅根注意到了我的不安。她天真地认为，这是因为在郁郁寡欢的亚当忌日我所表现出的不快。我再三权衡是不是要告诉她我的心结，可是婚后生活如此宁馨，我担心把她拖进明显是我自己的抗争挖成的深坑，后果只能是坏而不是好。与此同时，她已经证明她能够观察这里所发生事情，能够有心理准备的能力，我却做不到，因为我已经陷入了盲目的担心。我没有退路，只能在两种可能性之间权衡。

收到这封信之后的那个周末，我和梅根开车出城去蒙多克凭吊亚当的墓茔，向大海洒下玫瑰花瓣以为纪念。我得承认，我这个从来不知道害怕的人（这种说法不一定对），现在也有点惶恐不安了。我在观察每一个陌生人，尤其是以怀疑的眼光观察男人，觉得在福特山墓园徘徊的每一个悼念者都可能身披伪装的外衣。毕竟，当亚当·迪尔的妹妹和现在身为死者妹夫的我，在如此重要的纪念日向逝者致敬的时刻，不可能随身带着一个像夏洛克·福尔摩斯那样的侦探去侦测所有的人。我们都是有工作的人，安排星期六凭吊再正常不过。我们在墓碑的基石上摆上鲜花，把更多的花向着波涛撒去。随后，我们取道通往别墅的台阶。进入别墅之后，我们在亚当空荡荡的书桌上盖上了一层布。梅根在哭泣，我把她拉过来紧紧搂住，心在扑扑乱跳，喉咙发紧。我递给她一杯水，我的肢体动作似乎十分缓慢。她问我能不能给她一点时间单独在屋子里待一会儿。

我来到屋外的平台上，身体不禁打了一个激冷，不仅仅是因为冷。其实，在这个季节，白天是一个典型的暖和天气。没有风，天空上浮现的卷云诡异如鱼骨。我在远眺，离海岸大约十几英里的海上有一艘轮船越过海平面向远处驶去。我真希望能够分出一部分身体，成为毫无牵挂的船员，把盏独饮，毫无牵挂地随船去往无言的水域远处。

不一会儿，梅根出来了，伸出手臂搂在我腰间。她已经止住哭泣，对着我一展笑容，随后也面向大西洋远眺。

她说道："我想是时候把房屋出售了。我已经对它了无牵挂，这里的一切对我们都没有什么意义了。"

　　我无法不同意她的意见，但我还是说："你真的决定了吗？"

　　"凡事都不可能决定，也不能确定。当然除了和你结婚之外。"

　　"那好吧，说做就做。"

　　说做就做。我们立即驱车前往前面村子里的两家地产中介去询问售楼事宜。我们挑选了其中一家。这家中介的老板马上急切地开车和我们一起回到别墅（而今应该称为"地产"了）去做一番初步的概算。他同意进行估价并询问我们能给出的心理低价，然后挂牌出售。我们签了合同，交出了备用钥匙，也答应把屋里的书籍以及其他物件尽快搬走。他告诉我们，最佳的出售时间应该是春季和夏季。可是，梅根已经打定主意坚决要求在最适当的时间内尽快挂牌。

　　回到城里的当天晚上，我为妻子处理事情的能力和果断成事的风格深感钦佩。为了能够在窗外街灯照过来的昏暗的光线下看清她的身形，我从枕头上转过头说道："这是一件礼物。"

　　她回答道："这就是孤儿的专横。早学早好，这是为了生存的唯一机会。"

　　我悄声说道："我爱你。"我的心又一次激烈跳动，呼吸短促，犹如一条白痴的傻狗，为了一条毫无意义的木棍来回奔跑，弄得气喘吁吁。我应该告诉她跟踪我的人、我的书信报应又回来了，他从来也没有离开过。可是，我已经失去我所钟爱的事业，我害怕再次失去我同样爱着的梅根其人。如果厄运不可避免，那我就再无生存机会，因为我没有孤儿的专断体会，也没有另外赖以生存的技艺来保障我找到越过重新袭来的挑衅的安全通道。

她也悄声地对我说道："我也爱你。"说完她又问我，"你为什么气喘吁吁呢？"

"情欲。"一半是谎话，但愿是真话。做爱之后，我陷入了沉睡，这是在宁馨的爱尔兰之旅后第一次有此状态。

来信是我工作之余的夜间折磨。二月和三月，因为再无信件寄来，我的心情稍有平衡。我猜度，第一封信是不是当局由于某种神秘的企图故意造出的荒诞恶剧，目的是让我自己跳出来。我推断这并非不可能。我给自己邮寄可恶、遭谴的信件！由于他们认定信件的内容是可以辨认的，他们至少会相信这种可能性是存在的。他们可以把有足够技艺伪造柯尔道南笔记的人限定在一定范围内。然而我知道，这是一种异想天开的一厢情愿。偏执狂导致神经失常的推断，而神经失常的推理最有可能成为可怕行动的推手。

四月如期而至，公园道中心花园红黄相间的郁金香花团锦簇。我和梅根计划去参加今年的大型书展。去年因为恰逢亚当去世，我们觉得时间太过仓促而错失了一次机会。我俩无法一一回应书商们的悼念之情，也不能忍受他们好奇的眼神。我们已经收到蒙多克几位有意购买别墅的买主的意向书，他们觉得出价比他们能够承受的贷款更划算。他们不介意那是一所凶宅，因为他们本来就打算成交后做一番全面装修。拍卖行掌管的地产拍卖会上尚有一些没有卖出去的家具和动产，我们决定把它们悉数捐给当地的教会旅舍和两个慈善机构，书籍则由梅根书屋的打包工细心装箱放进库房。由此，我们结束了一个敬爱的逝者的个人历史。难以承受的悲伤记忆负担已经解开它停泊港湾的缆绳，离开沙砾的海岸，向着以太逝去。因为简洁，因为愉悦的充实，这世界顿觉轻快许多，这不仅仅是为了我妻，也是为了我自己。

在书展前一周，第二封使我倍受羞辱的信寄来了。信中写道，*他们或许不知道是谁谋杀了亚当–迪尔，可我知道*。我明白，如果我凭一时冲动告诉梅根我又被人锁住的消息，我将备受足以使胃痉挛的忧心折磨，将会面对梅根看着我的异样眼神，一种过度怀疑的眼神。当然，不是这位妇人幽灵般的眼神能够证明我与其兄之死有任何关联，我必须说，我看这位妇人越来越像那个不可捉摸的亨利·斯莱德，只有斯莱德是符合与许多我们都参与的聚会能够联系在一起的人。如果是他，想要得到的肯定是更多物质性的东西，而不是仅仅为了挑战我的神经。

次日，紧接着的来信坚定了我的怀疑，也回答了我愤怒和沉默的问题。信中说道：谢谢你不久前到处打探我的一切。我现在也有一个要询问的问题。你承接了应该完全属于我的材

料。贵娇妻的兄长以合适的价格从我这里购买了《巴斯克维尔
猎犬》的档案材料，也购买了一大捆弥足珍贵的其他材料。但
是他没有完全清楚如何应我的要求完成付账程序。他的意外身
亡使他计划的按月付款成为不可能。我看到你出售了东区美丽
的海滩别墅。为使事情简单化，让我们说，你拿到手的一半（当
然是刨除中介费用之后）与迪尔的欠债相符。附加条件是还给
我《巴斯克维尔猎犬》的档案材料。这样我们就扯平了，下来
再不会有其他事情发生。你比大多数人都明白报复是一种死亡
的交易。

　　和先前一样，信件的签名仍然是柯南道尔，仍然是没有回
邮地址。我无法反馈他的声明与要求。我也无法了解他指责迪
尔拖欠他超过五十万美元债务是不是一种神经错乱的荒唐捏
造。不过，好消息是他威胁以此来了结把亚当致死归罪于我的
谴责，这是警方所没有做的。我注意到，他本人的动机（如果
不是手段的话）当然并非毫无理智，但已经引起了调查方的注
意。当然，任何关于谋杀大舅子的谴责想法，任何面对自贬身
份、质量低下的罪犯审判制度的劣质弧光灯（如果不是每个人
都知道这个制度使更多无辜的人受到不公正待遇而进入监牢）
的想法都超出我的想象之外，不可思议，站不住脚，也不可能。
自杀是一个最好的选项，它可以逃避在监牢中以分秒、日、月
与年来计算的煎熬。不。我最终会找到幸福，找到对正常将来
的承诺，拨开折磨的乌云，挣脱负罪的感觉。无论是否敲诈，

我不会让钱从我手中流出，假如我不再以我的自信进行推理，
（至少我感觉像实用主义的推理），那我就会告诉自己，我应
当规划好自己的下一步行动。

亚迪科斯此时正好在城里参加书展。我给他打了个电话，
问他是否有时间和我共进午餐："我想问您一个私人的事情，
好事。"我说，"别担心，一件对你我都好的事情。"

"在电话上直接问不行吗？"可以理解，他熟悉的语气
似乎显得小心翼翼，听起来似乎带着余火未燃尽的啪啪声。

"如果您方便，我想私下交谈。书展开幕前一天如何？"

"那好吧，离麦迪逊广场不远的那间可爱的法国啤酒屋
可好？"

我们定好了午餐时间。那天晚上，我仔细检查了我仅存
的珍本藏书。伤感。这些都是上一次我急需用钱之时大批出手
后留下来的，其中包括我从父亲藏书中继承下来的珍品，诚惶
诚恐地保存下来的好书。我原以为有那么一天，假如我有此幸
运的话，它们将传给我的儿女。

一点也不会令人吃惊，索款数字在快速增长。与此同时，
我的良心在朝不同的方向撕裂。如果父亲活到现在，如果他知
道我计划中所做之事是为了脱离困境，身为一位硕果仅存的毫
无瑕疵的收藏家，他有可能要面临二次死亡。有意思的是，这
次交易的书可以说是"炫点"，一部足以影响文学史的著名书
籍，他特别挑选的柯南道尔珍品。毫无疑问，父亲的直接鼓励，

使夏洛克·福尔摩斯成为他童年的英雄，这个他指的不是别人而是我自己。一如福尔摩斯，父亲也有一个鹰钩鼻子，也叼着一个烟斗。这位长者对朋友和蔼可亲，对事却是一个冷峻如刀、旁若无人的辩护律师，他具有几近完美的行为轨迹。他最喜欢在两三口烟的工夫把麻烦化为乌有。假如你是一个公正、诚实和直截了当的人，他会求贤以远，但假若你误导或者欺骗他，他会以鹰钩鼻子的本能用肉贩子的包纸把你的心打成一包，用丝缎紧束成团。

那些我用成百口烟的工夫来思考的麻烦，父亲会视为凭空恫吓，根本不值得他掏出烟袋和烟刀。但这是他，而不是我。再者，如果他见证了我（与他多年分享藏书乐趣的人）而今却试图把自己从自作孽的堕落纷繁中解脱出来，他除了把我那令人憎恨的信裹在肉贩子的包纸里之外，还会有其他选择吗？我认识到，我不能把他一生的乐趣出卖，这是他最后的钟爱珍宝，也是我依旧继承的早已逝去的童年的钟爱珍宝。

我做了个决定，和自己订了个魔鬼契约。我决定保持羞辱自己的一部伪作，炫点中的最高点，这使我心似鼓敲。我羞愧地承认，虽然依然十分希望保持原貌，但也要"提高"少数书册中的许多地方。这将是我有史以来所做的绝对最精良的工作，毫无瑕疵，经得起追问和挑剌。在梅忙于书屋生意的时候，我必须很快地拿出构思并付诸实施。第二天当梅离家之后，我立即打了个电话告知拍卖行，说由于糟糕的天气，我病倒了，咳嗽了，需要请几天病假。老板说没问题，等你好些再上班吧。拍卖行举办了一次拍卖会，正好与书展同步。我的编目工作很早以前就完成了，所以我不会错过书展。

我现在的手眼轻敏，灵巧、知行、稳健、聪慧、极富敏感性，整个人似乎年轻了十年。我自负地认为，对这些一部接一部取之不尽的题签著作的受众来说，我表现出与年龄不相符的成熟（至少十年）。因此，如此富于创造性的书籍，获得赞赏是理所当然的。这些书的品相超乎想象地好，绝大多数存放在四分摩洛哥羊皮镶嵌贝壳的书箱里，并且用早年的书套套好。父亲不像那些外行的藏书家，几乎很少向别人展示他的藏品。几乎所有的藏书，从霍桑[1]到吐温，从王尔德[2]到哈米特[3]以及已经退出流通整整一代人或者更长时间的其他不少作家的书，总之除了我以外还没有其他人有此荣耀见到的这些书。我小心翼翼地模仿签名和手迹，只选我认可的作家首次出版的书，同时也选那些我熟悉的作家经典著作以外我眼睛接触到的作品。

午饭上，在吃过尼斯色拉，喝过美洛扎葡萄酒之后，我的头疼奇迹般消失了，我向亚迪科斯说出我的提议："我和梅根这一年过得实在不容易，所以，我们一直说起到海外去旅游

---

1. Nathaniel Hawthorne，1804–1864，美国小说家，他的小说《红字》已经成为世界文学的景点之一。
2. Oscar Wilde，1854–1900，英国爱尔兰籍剧作家和诗人，唯美主义代表人物。
3. Dashiell Hammett，1894–1961 美国小说家。

一段时间，花上一些时间从工作和责任以及日常琐事中解脱出来。长话短说吧，我已经决定把我的藏书都出手，都是些好东西，绝对是真品，再加上我父亲的大部分藏书。"

一听到有我父亲的藏书，亚迪科斯竖起了耳朵，犹如猫见到了老鼠，或者是老鼠遇到了猫似的集中注意力。

我补充道："您应该十分了解我父亲是一位大藏家。"我这话似乎没有必要。

"抬爱了。我多年来一直听别人多次提到令尊。他是一位传奇人物。"

我看到他不断点头，于是说道："是啊，千真万确。"他脸上表情肃穆。我接着说道，"自从几年前我陷入不堪回首的造假交易之后，我已经濒临破产了。被贬到拍卖行做事是我付出的代价之一。梅根变卖蒙多克的家产获得了一笔不错的收入。她希望我们能好好利用这笔钱到外面去。可是我觉得这不太公平。"

"我明白。因此您是想出手属于您的家庭遗产，也就是令尊的藏书，以此来达到心里平衡，是吧？这想法有意思。您是想委托我出售这些藏书对吧？您是这么说的吧？"

"不是。我是想直接卖掉。您一直以来都善待于我，当我需要宽恕的时候，是您宽恕了我。我愿意以绝对合理的价格出手。"

他沉思许久，给我俩再斟了一些酒。"我怎么才能完全确定篮子里会不会有您过去的烂苹果呢？"

"您尽可以请一些您认可的专家来一本一本地验证，我不会介意的。当然，我并不是说您不是这一行最好的专家。我的意思是您要面对许多不同作家的作品。"

"奉承的话会使人晕头转向，也会使我紧张。我没有冒犯您吧？"

"哪里话？不是所有的书都有亲笔签名，但大多数都有。还有许多很好的相关作品。"

"好啊，去看一眼我们所说的书总归没有害处。"他一边说一边把账单要过去，然后说道："这次该我埋单了。"

我请他到我的寓所，并亲手给他煮了一杯咖啡。他给助手打了个电话，告诉她把书摊上的书规整好，因为他可能会购进一批书。说完，他坐下来仔细审阅我的书。我从精致的书橱里把书取出来一本一本地递给他。当他对一些书没有印象的时候，我不厌其烦地向他解释这些书的接受者是些什么人。一如其他老练的书人，他小心地把书按价值排好。分存在紧邻房间里极为罕见的珍品书也被摆在书桌上。他似乎对经过他鉴别的所有作品都十分满意。当然，他也把其中一些书甄别出来，用他的话说是存疑的或者是"不对的"，他没有认为这些书籍有错。

"您不想要的就别拿，您高兴就好。"

经过漫长的几个小时挥汗劳作，他终于向我开口说道："您想什么样的价钱对您合适？"

我告诉他，我觉得这些藏品按最保守的估计零售价也值250万，超过半打的书册每一本都值成千上万美元，而我的一本1922年的《尤利西斯》[1]是真正的第一版，存世只有一百本限量签名版，绝对是真的，并且是用爱琴斯海蓝色包装的书皮，保存古朴完好。这本书是我作为藏书家的最佳投资之一，等闲都值三百万美元，我真的不忍把它脱手。如果放风出去，这些书马上就会拿到第一个百万订单。

我说道："我只要零售价的二分之一，125万。"

"好啊，我很赞成您的出价。不过，我还要付出很多才能平本。80万如何？"

这种谈判永远是一个来回盘旋的舞蹈场面，我俩都经历了太多的这种场面。大多数时间，这像是精心的舞蹈编排。我知道，这是我的最后一支舞，最后一次亮相将是把我卷入书界或者手稿界的文学造伪的最后一次救赎。

我说道："100万如何？行就成交。"

他说道："成交。"然后他伸出手和我握手。他要等明天早上银行开门才能转账。"您别以为我的账户上有足够钱存着。但如果我需要用钱的话可以申请短期贷款。银行以前为我做过。"

---

1. 'Ulysses'，爱尔兰作家詹姆士·乔伊斯的作品。

"最后一件事，"我把手掌心有如按在睡梦中的婴儿肚皮上一般轻放在《尤利西斯》的封套上说："我想，按行规我们都不应该对任何人说起这次交割，不能说出您从何处得到这批书，不能透露任何有关线索。您也知道，在不同的圈子里，我的名字已经很臭，某些人甚至向我吐口水。为什么要毫无必要地玷污这些确实伟大的书呢？"

"我很高兴是您而不是我说出这样的话来。我至少不会去理会那些有针对性的吐槽来自何处。总之，这些书的大部分会直接进入私人收藏。如果我没有一些有分量的大订单摆在那里，我是不会做这单交易的。我希望这能帮到你，你和梅根应该有幸福的生活。"

听到他的话我心都碎了。我想告诉他我要改变我的想法，我们现在所为都是错的，毕竟我是想留着这些书。但我不能这样做，我知道，挣扎求存是对我的将来和自由的潜在威胁。他说得对，梅根应该有幸福的生活。但对于我自己，我感觉到我深重的罪孽，一种我身上带着的致命癌肿，不断扩散，如影随形，和我内心业已存在的罪孽，如溃烂的器官在卡紧我的项上锁骨。我对着他笑了笑说："谢谢。"

虽然梅根也承认以前我曾经多次对她提起卖书的事，但是她还是对我事前没有征询她的意见感到震惊。我告诉她我卖书决定的背后原因是希望自己在我们的新婚生活中扮演一个更加平等的角色。梅根拥抱着我说，我们一直都是平等的，并且永远平等。在此短暂的瞬间，我的罪孽被洗刷得一干二尽。除此之外，我告诉她，我想趁此机会把手中的存款多样化，让别人摸不着头脑。我保存了我父亲遗留藏书的一部分。我向她确认，其中有需要我们世代相传的珍贵遗产，我父亲最喜爱的夏洛克·福尔摩斯故事。

我们出席了书展。这次书展比任何一次都显得人多。一如预期，书商们有的表示了谨慎友善，有的似在躲避，许多人则对我们示好，祝福我们的婚姻。奇怪的是，虽然亚当生前是书展的常客，却只有为数不多的人提起他，对他的去世表示遗憾。有些人（我估计是新客）参加书展的目的就像亚当以前一样只是来淘书而已。同样不言而喻的是，说到他初涉造伪圈子，他的退出对某些人来说真是感谢上苍的大好事。农夫不会为狐狸的死亡唱挽歌。在我审视一本又一本辉煌一时的书时，我训练有素的眼光一直在紧盯笔迹的圆润粗细。我的印象是，我之所遇，伪作几不见踪影。我有点自鸣得意，我的陨落并没有吓退其他人，只是迫使他们另谋出路而已。

这使我想起了亨利·斯莱德。在和梅根从人行道过来步上华盖遮顶的台阶进入书展的那一刻起，他就在我心中如影随形。穹顶大厅里人声鼎沸，学者的、投资商的、买家和卖家的声音嗡嗡回响。我敢肯定，斯莱德就混迹其中。虽然我极力不使梅根发现，但我在分神左顾右盼。只要有人看我一眼，我的心就会不自然地怦然乱跳。我变得疑神疑鬼，眼睛一直盯着摊位上的人，看他们的头扭向何方。我半是期待地希望与他在熙熙攘攘的人群中以相对安全的方式相遇，就我俩，悄声细语地商讨交割事宜，一如许多其他在场的人（穿西服的，穿牛仔裤的），手碰手地交谈，谈书而不是谈服装，与这个人现场坦诚交易。然而，如此偶遇没有如愿出现。又一次，我发现自己陷入了幻想，那些恐吓信是否真有含义，我一生中生产最杰出伪作的漫长进程以及卖出我的绝大部分收藏是否是一个傻瓜勾当？假如真是这样，就随它去吧。对于我曾经所为，我感到有一种怪异的解脱，从拥有者的重负下解脱，也从我一时沉迷的造伪艺术中解脱。因为我知道，我将永远不会再把曾经竖起的笔去接触稿纸，再也不会去接触使我筋疲力尽的行当。

后来，我见到他了，我并不知道是他，我有什么可能知道是他呢？但我应该在什么地方见过这张脸。这是一张奇怪的脸，自信与诡秘的结合，轻蔑中带着神经质的羞怯。他的头发未经修整，但似乎应该如此，黑色的头发紧紧地贴在头顶上。我随眼看去，只见他像许多纽约人一样一身黑色的便服。我们隔着几个摊位，浏览的人群挡住了我们的视线。我和梅根站在一位引人注目而且有趣的书商的摊位前面。摊位上摆着摄影艺术书籍，这种书近年很是流行，但也只有大富大贵者才会收藏。梅在这里纯粹是个雏儿，她只对摄影艺术册页感兴趣。我对她说去去就回，她只说了一声"去吧"，眼睛始终没有从令她着迷的沃克·埃文斯[1]的册页中拔出来。

我从来没有像现在这样紧张，但我知道我欠他血汗钱。我朝着他的方向从人群中穿过。我期盼他走近我，他却在人群中消失了。我站在那里，眼睛一直向前方望去，希望那张脸重新出现。我以前在哪里见过他呢？

很快，他又出现了，站在比以前更远的地方，已经接近出口了。他抬头望着我，但没有做任何手势要我过去，只是像一个可怕的幽灵站在那里。也正是此时，我知道他是谁了。对，就是他，去年在亚当的追悼仪式上的那个便服警员，那个我估计是搜寻可能出现在追悼会上凶犯的警员。虽然不是犯罪现场，但某些最接近现场的情景会对凶犯的犯罪感少些抽象而更加接近现实。

斯莱德似乎读懂了我的心思，苍白的脸上露出了勉强的笑容。他的下巴稍稍向下一动，然后再仰起来，像是要对我说，没错，是我。他是要转身后撤或是移步向前？我的身心一时间同步僵硬。我只好点头致意，但致意何为？是不是要承认我谋杀了亚当·迪尔？事实上，当时斯莱德比我更有理由实施谋杀。看看他，即使他没有长着一副杀手的样貌，但面相冷酷、凶残，脸颊一记旧刀疤。这就是说，他看上去就是一个果断、思维简单、容易冲动的人。我对此人的惊恐转瞬间变成了气愤甚至是

---

1. Walker Evans，1903–1975，美国摄影师。

仇恨。他认为他是谁呀？我应当立即从他身边穿过，不去听他对我说些什么，而直接指着亨利‐斯莱德对守在出口的门卫说大厅里有一个杀人犯，然后让一切顺势而行，让斯莱德被人抓住。鲁莽行动与我之间仅隔着一堵墙。要么，我和梅根继续新近成就的幸福，我的婚姻以及离此地而去的生活之梦，离开我们所有的悲伤以及我们所了解的一切争斗。要么，假如斯莱德被捕，我最近出手的伪作毫无疑问会被发现，斯莱德一定会把对我唱过的指责老调重弹，反过来要求对我进行严格审查，这会使我毫无疑问地重返监牢。这会是一个漫长的隔世生活，待我释放之时梅根不会来接我。想到这些，我觉得只有一条脱困之路，这是一条荆棘丛生的危险之路，一条由自己种下仇恨的道路，我无可返回之路。

我四处环顾，他已经不在了。虽然梅根知道我要到处走走，可能会一时不知所在，我还是想到她会为我担心。我沿着走廊穿过拥挤的人群，来到斯莱德曾经站立的地方，在密密麻麻的人丛中寻找他，只是无处可觅，只好回到艺术摄影书摊。妻子却不知去向，我不由一阵恐慌。斯莱德会不会在我站在出口过道附近犯迷糊的时候，原路折返对妻子说了些什么？还是在孩童时代，我曾经有过一次迷路的经历（仅仅一次而已），我随母亲外出在一家百货商店里瞎逛时迷路了。那一次恐惧和被抛弃的可怕感觉现在又回来了。此刻，我汗流浃背地在寻找两个人，一个是我的所爱，一个是我之所恨。五分钟内，我环绕大

厅连续在人群中推挤，不断地像傻瓜一般连声抱歉。我真不敢
想象，假如我碰到斯莱德和梅根在一起我会有何反应。

"啊，你在这里呢。"梅根说着，在我的背后把手搭在
我的肩上，"你还好吗？"

我勉强从嘴里挤出一句话："还行，别担心。"

"是吗？你的表情告诉我你好像见到了什么人。"

我说道："哈，既不是鬼魂，也不是我舍命追求的书。"
我尽可能含糊其词地回答。"你怎么样，找到你非要不可的书
了吗？"

她说："和你一样，没有。"

我们离开了书展。我没有再看到指责我、敲诈我的人。
我们漫步在富丽堂皇的公园道，走过杂乱无章的百老汇下街。
一路上，我在思索我要对梅根做出可靠的承诺，思索我能不
能和斯莱德把事情摆平，这可能是触手可及又遥不可及的事。
我明白，拔苗助长是无济于事的。我必须有耐心，寻找机会，
把握希望，以待脆弱的梦境随风而去。

这就是肯梅尔，我们订婚的小山村，我们感受幸福的地方。

我们在曾经下榻的旅舍附近租了一间屋舍。不远处，强劲的飞流直下，形成一条明快的流溪；溪水上，三文鱼和鳟鱼迎着朝阳欢快跳跃。爱尔兰这个国家大部分地区都讲英语，但还是有一小部分地区如盖尔拉奇特（爱尔兰语言区）讲爱尔兰语。我俩一起学习爱尔兰语。这种语言比德语有更多离奇的多音节和不能发音的辅音堆砌。我们学习爱尔兰语是为了在日间旅游途中与本地人对话。我们交了一些朋友，虽然不多，但他们都是友善的土著居民，他们在克里乡村长大成人，并且明智地没有离开乡土。我们沿着麦克吉力邱迪小河远足，也乘渡船去斯克里格小岛。小岛上曾经有众僧侣。他们像古代苦行僧一样，在离喧闹的大海数百英尺光秃秃的石岩上，过着与外界隔绝极其清贫的生活。我们的日常生活简单充实，无非是清扫厨房，到超市采买餐饮，在房内读书写字。呼吸，活着。

仲夏里的一天，我们离开镇中心，步行几分钟到了肯梅尔所有景点中一个我们最钟爱的地方去享受我们的纸袋午餐，黑面包、橄榄和本地干酪。这个地方叫灌木丛，是新石器时代的石环遗存，离镇子的主街仅甩一颗石头的距离。尽管就在喧嚣的克伦威尔桥附近，椭圆形的古代石环实际上由十五个直立的巨砾石柱（如同面包师的一打面包[1]）围成，中间竖着一杆颇有

---

1. Baker's dozen，起源于英国传统，实际上是 13，而不是 12。糕点师用勺子把面糊舀在烤盘上。在舀出 12 堆后，再加上第 13 堆，这是烤给自己享用的。

气势的石墓茔柱。这地方可谓万籁无声，唯鸟语虫鸣，只有偶见的尊贵访客悄声低语；看不见的远处传来极为轻微的汽车响声形成仅有的嘈杂。绝对是一方避世净土。既然我们来此地居住，我们就尽量零敲碎打地自学当地语言。我和梅根发现爱尔兰语中，肯梅尔的意思是"一围小圈"（*An Neidin*），也就是"一个小鸟窝"，妙极了。我们遇到灌木丛之前，这地方对我们来说就是鸟巢中的鸟巢。

独坐在千年前就铺设好的沐浴阳光的温暖卵石之上，我们真有点亵渎神灵的感觉，因为这是古人的墓茔之所，我们一时相对无语。说来奇怪，一点不像我和梅根平日絮叨不断的对话习惯，在至静之地我们相对无言，虽只偶有对话，但我们都知道彼此所想。或许我们彼此都想打消回国念头，或许我们都想去除各自不同的孤儿故事，一起营造我们新的生活。梅根的双亲在同一悲惨事故中丧生，我的双亲则是一位忍受癌变折磨痛苦而死，一位心脏病突发身亡。我没有兄弟可亲，而她呢，一个命根子似的兄长离她而去。我们都孤独，除了孤独还是孤独。我看着她，尔后向附近原生态的白桦林望去。是啊，我们在为现在的日子努力，一对孤儿，一起去营造一个崭新的生活。

我思绪万千，Forge 这个词到底有什么错，竟赋予它丑陋的内涵（即"仿造"）。这个术语指的应该是缓慢稳定发展的过程，即克服困难，稳步前进。

Forge，也是锻造，是炉膛，是炉灶，是铁匠在高温火焰中把金属投进炉膛，以此来打造有用的各型马蹄铁、柴薪架以及实用的各型工具。让我们回到十四世纪。曾几何时，芸芸众生聚集于巨石阵，宛若形成一个灵魂的铁匠铺。Forge 指的是创造，指的是制造和造型。是何时，让这富有美德的词义脱离这个古老的美丽词汇？又是何时，此词进化减损，堕落成欺诈、伪造和虚假？我又是何人，敢在天荒地老的巨石阵前发此冥想？敢在比 Forgery 的丑陋定义还要古老的圣地发此谬想？我是否是体现这个词魔鬼的一面而不是高尚一面定义的那个人？

我无法回答最后一个问题。我意识到我必须让那些日子过去，但愿永不复来。

离开纽约之前，斯莱德又一次和我联系。这一次，他在信中明确了接头时间和地点。假定我们已经在书展相遇并相互认出对方，我想，坚冰既然存在，既然已经打破，那么，约在一起交割我们的交易似乎不再是繁杂可怕的事情。在约见之前，我产生一个念头，在我把我的笔，我的墨和其他随身工具扔进垃圾桶之前，再做最后一次完美的高仿。我最熟悉的是斯莱德曾经拥有的《巴斯克维尔猎犬》的档案材料，至今还可以逐字逐句地写下来，就像皮埃尔·梅纳德[1]可以把

---

1. Pierre Menard，阿根廷作家，1766–1844，年少时根据《堂吉诃德》用西班牙文写了一篇名为《致命的护眼罩》的故事。

《堂吉诃德》从博尔赫斯[1]的故事演绎出来一样。我熟知道尔某些时候怪异的手书习惯恰到好处，因此可以改正所有书法中存在的缺陷。我们在华盛顿广场不远的一家希腊咖啡馆进行了快如闪电的交换。这是詹姆士经典式的地点约定，我不会因此吃亏。我把他"原件"还了给他，说我已经知道有更新的"原件"存在，远比制作大师能制作的要接近得多，他自己就从来没有做过如此高水平的活。

我问他："我们成交了？"

我注意到他比我紧张得多。

"我们最好成交。"我尽量使自己保持冷峻神色试探着说。既是解决问题，主动进攻也是一种威胁。我不妒忌他乱七八糟的生活方式，一种唯利是图、诈骗、隐秘以及最终毁灭自己的生活方式。至于我自己，我将（或者希冀）以一种几近宗教式的狂热，一种几乎与激情同等的狂热终我一生。这种激情曾用于我钟情的造伪行动，我为此沉溺不可自拔。

他说道："成交。"他没有将钱点数，也没有看一眼普通信封里装着的他那部《巴斯克维尔猎犬》档案的伪作，离开了。望着他消失在门口的背影，我不由心中浮现出我最喜欢的柯南道尔所写的《福尔摩斯历险记》中的句子，一句在《蓝宝石探案》里的话。福尔摩斯对倒霉的鼠脸盗贼介绍自己时

---

1. Jorge Luis Borges, 1899–1986, 阿根廷作家，著有《皮埃尔·梅纳德，〈堂吉诃德〉的作者》。

所说的话。这个疑似珠宝窃贼的白腮男子名叫詹姆士·莱德。
他在回应福尔摩斯的话时说："我想我可以成为您的助手。"
他要求福尔摩斯告诉他，"您？您是谁？您怎么会了解事情
的全过程呢？"福尔摩斯把自己的名字告诉这个白痴窃贼，
然后向他描述了自己平生所要达到的目标，他的哲学和最基
本的信条。他说道："了解常人所未知是我的事业所在。"
我十几岁读到这句话时，我就认为这是至理恒言，穷一生要
谨记的至理恒言。梅根把她书屋的大部分股以一个非常优惠
的条件转给了她的集体雇员。除了衣物，几本钟爱的书籍和
各种儿童纪念品之外，我们几乎抛弃了所有的东西。我把车
送去废旧汽车回收场，换回了几百美元（市场价格可能要高
出许多）。我把尚存的永久收藏全部转手给亚迪科斯·摩尔，
作为对他的私人表示，也作为曾经卖给他那些伪作的补偿。
我告诉他我愿意接受他认为的合理卖出价格和他认为方便支
付的时间，我不会催促他付款。当然，这种做法并不会抹去
我的可耻行径，但在某种意义上会使我解脱，至少是在心灵
上减少些许腐蚀毒素。所有这些钱，加上我们从蒙多克住宅
交易中获得的利益，足够给我们的将来生活带来舒适度和自
由度，给我们一个适合自己的开端。

有一天，我和梅根开车到我们在金赛尔最喜欢的一个叫
做腥味鱼店的连锁餐厅去品尝海鲜。在那里，我们可以在室外
清凉的蓝色雨篷下品尝到刚刚捕捞上来的狗鳕和黑线鳕鱼。我

们以海湾上空欢声不断的海鸥为背景，交换着享受婚后生活的伴侣悄悄话。她无意间的一席话使我猝不及防。

"我想问你一个很久以前就想问你的事情。"她语气平缓，听不出有一丝的异样，也听不出有一丝指责甚至特别关注的口气。

"是什么呀，我亲爱的女士。"

"一个愚蠢的问题，你可能会笑话我的。"

我随口酌了一口啤酒，然后鼓励她说："你说的都不能是蠢话。"

"我们相遇之前，你从来没有到蒙多克去拜访我哥哥，对吗？"

"没有。我说过，我们真的只是在书展认识，偶尔在书屋见过而已。"

"自从我们彼此相会之后，你也没有去过一次？"

她想说什么？我在猜想，我在等候，我在摇头。

"那那天早上你开车带我去别墅，你是怎么认识道路的呢？你没带地图，我也没给你指路。"

马上回击。我花不起迟疑不决的时间。我说道："你错了，你的记忆有问题。那天的确是你给我指路啊。"

她反倒犹豫了："是这样吗？"

她不确定的说辞鼓励了我。我坚持说我不可能自己找到去他海边住宅的路。她把头发捋到耳后，似乎是在说服自己相信我的话。她给我送了一个甜甜的笑容。如此深邃的爱意使我感觉到这世上没有几个男人能比我更加幸运。

雷暴夹着疾风大雨迅猛地驱走了肯梅尔的阳光。

在肯梅尔，雨伞已经成了无用之物，反复无常的坏天气成了爱尔兰的代名词。我平静的心情也受到突如其来的担忧打断，我时不时会害怕邮差出乎意料地出现在我面前，时时在警觉可怕的往日时光。在街上，如果有陌生人用眼睛看着我，我会感觉别人对我有不同寻常的好奇，我会因此觉得心如刀割，手脚冰冷。甚至当我听到此地罕有的警笛鸣叫时（鸣叫声与他们在美国同行的警车呜呜叫唤的声音大不相同），我喉咙里会涌上一股酸味，有人大概会把这说成是犯罪的醋味。

大多数时间我则处于忘却过去的放松状态。是大海把我与过去的生活隔开，所以我得让自己重塑信心，无论我做过或者没有做过坏事，都已经离我而去了。夜里，我躺在我们温暖的床上，听着梅根在睡梦中轻柔的呼吸，望着窗外的星星庄严缓慢地轮转，以上帝般的冷峻横越黑色的天空，我意识到已经无须再担心任何事了。自从亚当死后，时间的钟摆晃过了一年半的光阴，谋杀案依然如天上星星之间的黑隙一般冻结沉寂。亚迪科斯则信守承诺，时不时汇来我应得的转手书籍获利份额，并且附上简单和最新的信息，提示在处理我的伪作过程中没有遇到任何麻烦。斯莱德则似乎已经缩回他自己营造的朽屋，再无踪影。

根据梅根出生地拥有的权利，我们提交了登记文件，获得了一份兼职工作，挣来自己的收入，也使我们更多地融入了我们视作家庭的社区。梅根在当地一家书店当雇员。这家书店书架上有不错的爱尔兰历史、文学、地图书册，当然，还有艺术和烹饪书籍。至于我自己，则在一家文具店找到了工作。这家文具店后院是一个精致的凸版印刷机房，完整装配有一台范德库克打样机，我希望能学会操作这款机器。我俩都是工作上的新丁，有了这层保证，我就可以合上双眼，迅速进入无梦的睡眠。回首生活中的这个平静时期，我觉得睡眠中的梦境似乎是毫无必要的（尽管偶尔会陷入无端的恐惧）。在每一个工作时间，我都好像在梦里一样，偶有的恐惧也在情理之中，相信会随着时间消失的。

新来的消息会永远改变我的生活，新来的消息是难于预料的，比如收到亨利·詹姆士的一封信，或者是警察来敲门，如此等等。但是，这都不会带来悲惨的不幸。在肯梅尔旅居生活几个月后的一个普通的星期天早上，有事了。

我和梅根每天习惯早起，但星期天总是赖床。我们不会预先安排星期天的活动。美好与懒散，足可以开始我们的一天。炒蛋、布兰奇樱桃西红柿、咸肉片，加上一些黑白布丁，然后是现磨咖啡和一份报纸，这就是我们完美的早餐生活。八月里第二个星期天的早上当我醒过来的时候，发觉梅已经下楼去准备她的惊艳早餐了，今天不是我的生日，在记忆中也不是任何特别的日子。于是我又回到了床上。现磨咖啡豆煮出来的浓香味儿飘到我的鼻子前，于是，我披上睡袍下楼去会合梅根。

"有什么喜事？"我问道。"我们中了乐透啦？"

她说道："过来呀。"说完递给我一杯橙汁。

我呷了一口橙汁，然后问道："真的中奖啦？"

"或许吧，"她含糊其辞地说道。"坐。我们吃饭。"

诚然，我很想知道到底有什么事，但我在装蒜，在没有进一步提问。饭吃到一半的时候，梅根放下叉子，没有铺垫就直接说道："我怀孕了。"

这些话，说这些话的这个女人脸上的表情，都是在我一生中从来也没有体会过，也从来没有看到过的，没有比这更令我感动的事了。我没说一句话，只是从椅子上站起来，绕过餐桌，把梅根搂在怀里。她所承受的一切痛楚，她所表露的所有勇气，宛如她心中闸门洞开，终于止不住眼泪如洪水爆发。我吻着她湿润的眼睛，把她抱得更紧。我告诉她，我们将倾尽所能，让这个未出世的婴儿成为世界上最幸福、最健康、最聪明和最令人疼爱的孩子。我记不得在过去从事造伪勾当的那些日子里，是否产生过如此轻快心情和如此狂喜的举动。

整日里，我们都沉浸在无休无止的喜悦之中，直到转向更加现实的话题。如果我们一致决定要在爱尔兰乡间而不是纽约抚养我们的孩子（男孩或者女孩），需不需要找一间新的住所？梅根还能在书店继续工作多长时间？如此等等。尽管我们喜昏头地期盼一起育儿养女，尽管不在做出理智决定的状态，我们的决定都将证明我们所做的事是正确的。我们租来的住所有足够的空间布置家具，再说我们也喜欢现在的住所，小屋茅草为盖，壁炉精巧。屋后，沙沙作响的松林围绕着一片田野；附近，溪流翩翩起舞。如此田园诗般的环境，试问还会有哪个孩子不愿意成长其间？曼哈顿已经不再对我们有吸引力。当然，有些事不能为妻子所知，若能如我所愿，我当永远不会再涉足尘世。

那天下午，我和梅根开车来到班特里湾，手牵手走进海湾去看滚船表演。海上，渔船如雕画的软木塞，在汹涌澎湃的波涛里上下翻滚。梅根问我："我提前选好一对名字好吗？"

我说道："没问题。"

"好啊。如果是女孩，我就用你母亲的名字妮可给她命名。"

"那母亲会以此为荣。如果是男孩呢？"

"如果是男孩，你一定不会反对，我乐意给他起名叫亚当。"

我可以提出一万个理由反对把儿子叫亚当，这不是起名的问题。为什么要套用一个被谋杀者的名字来讥讽我们的儿子？我忍住了，只是淡淡地说道："我还以为你会起名威廉·巴特勒呢。"

"好啊，就叫亚当·威廉·巴特勒，或者叫威廉·巴特勒·亚当，你说呢？"

"还好，我们还有几个月时间来决定叫什么名字。现在，我还无法告诉你我要起的名字。我爱你，梅根。"

"我也爱你。"

八月剩余的日子飘然而去，平安无事。初秋终于取代了夏天，克里游览圈进进出出的游客，美国人、日本人和德国人，渐行渐少。不久，在没有预兆的情况下，我的生活忽然有如揉纸，不再平直，乱成一团。夜晚，我到镇上一家中意的酒吧小酌一杯。回家的路上，当我走到街道上头的时候，我确信远远看到亨利·斯莱德。他在闪进墙角之前盯了我一眼。我来不及转身从别的路躲避，只好半跑上街口，从别的行人中挤过去，一边喘气一边骂娘。那些瞪眼无眠的夜晚，脑海里一幕幕浮现出伊甸园般的生活方式，而今却要遭遇第二次幻灭，所有这一切似乎不是一个愚蠢的游戏。

很自然，也很奇怪，当我走到墙角的时候，却不见他的踪影。这使我记起在书展的可怕时刻。当我低下头的那一刻，我还来不及抬头张望，他却消失了。然而，他不是一个幽灵魔术师，也不是一个超自然的归来者。恰恰相反，斯莱德是这个世界上十分善于使用丑陋手段的人，一个充满人性欲望和缺陷的人。当我递给他所要求的最后一分钱时，难道不是他自己说过成交之后，不会再有放不到台面上的柯南道尔伪信了吗？难道他没有更好的方法来驾驭我吗？正是我这个人公平对他，信守我与之妥协的诺言。

我如同提线木偶般地沿着与主街平行的人行道疾走。我似乎看到他探头探脑地看我。经过短暂的慌乱搜寻，我停下来舒缓呼吸。自从进入这个多雨的季节，我得了轻微的哮喘病。
我站在那里，看着路边朝家方向排列的汽车，看着给我挤过的
人们和我擦身而去，我不禁对自己产生了严重怀疑。假如真是
斯莱德，他不会故意避而不见的，会吗？假定这是我们离奇和
令人生厌的邂逅，他如此回避意欲何为？我心里有一种并不自
在的镇定。我在和自己争辩，呼吸渐慢，难道人世间真有分身
术？如果真有，这是我们各自不敢想象之事。这不是我牵挂的
亨利·斯莱德，他不会出现在遥远的克里乡下，不会在爱尔兰
小岛深处仅存的小乡村现身。纯粹是我的臆想症使然。

    我决定不去让这种幻觉干扰生活中已有的平静，于是我
又回到精巧舒适的酒吧，给还在上班的梅根打了个电话，问她
是否有兴趣过来和我分享煨羊肉，和我一同听一曲传统音乐。
我们已经结婚，梅根已经怀孕，但这并不意味着我们不能有愉
快的消遣。我需要再喝一两杯来舒缓神经，当然，我不敢告诉
梅根真正的原因。梅根听到我的提议后显得十分兴奋。她说等
书店打烊后就过来（书店要比文具店迟一小时关门）。她直接
过来了，我们一起共度了一个美好的夜晚。尽管年代久远的"健
力士为您而酿"[1] 给出神奇的提示，说孕妇也可以喝一杯黑啤
酒，这有利于健身强体，梅根还是控制住了自己。梅根高涨的
情绪源于她的自我克制。她笑着，拍着手，随着她所熟知的歌

---

1. Guinness，爱尔兰黑啤酒品牌。

曲哼唱。至于我自己，我一直试图把荒诞的斯莱德幻影从我的心中剔除出去。几个小时里，我一直在听歌手演奏吉他、小提琴和宝思兰鼓[1]。我在不断地提醒自己现在是一个准父亲，是一个要负起养育子女责任的男人，而不是环顾左右心存牵挂的不祥之身。我所要做的事是为小精灵、小魔怪、巨兽以及各式各样不为人知的无害魔兽辩解，我不会因为害怕它们而不过生活了。我的造伪生涯真的已成过去，我已经不再是一个可以随心所欲地成长的孩童。我知道我必须改变，从现在开始改变，持之有恒地改变，永远改变。

我们付完账后离酒吧而去。酒吧外，云遮星隐，但并不冷。在主街上上下下的酒吧里，彩灯闪烁，映亮了狭窄街道上水坑里的窝窝雨水。

梅根问道："我们走路回家？"

"把车留在停车场吗？"

"没问题的，这里很安全，我把车锁好了。"

"好啊，我本来就想走回去。"

"这是你说的。我没有理由不听你的话。我们明天早上可以早点离家来这里开车。"

我们家离肯梅尔镇中心不到两公里。我们一路静静漫步，偶尔听到梅根低声哼唱刚才听过的歌曲。斯莱德已经从我视

---

1. Bodhran，爱尔兰的一种羊皮鼓。

线中抹去，酒吧气氛带来的镇静，漫步产生的疲倦，让我一夜无梦。

我天没亮就醒了，整个早晨神采奕奕。我们已经选好了毗邻卧室的房间作为婴儿室，并且把它粉刷成樱桃黄。在婴儿出生之前我们决定不去了解婴儿的性别，所以没选粉色，也没选蓝色。既然离出门还有一个小时的时间，我又给有窗户的墙壁刷了第二层涂料。透过这扇窗户可以俯瞰屋后一片已经收割过的开阔田野。太阳升起来了，院子后面，低垂着粗壮枝条的松树下面草地伸展，草地靓丽的翠绿与松树沉稳的深绿相映成趣，构成了一道独特的风景线。这种青翠欲滴的绿色是威廉·莫里斯[1]和其他维多利亚时代的设计师曾经在墙纸上用过的颜色。但是，这种颜料与砒霜混合会产生致命的烟雾。使用威廉·莫里斯的墙纸会产生致命效果，这谁会相信呢？哦，我认为，每一个好的造伪者都必须了解这种小伎俩，就好像草坪上的露珠闪烁，一如夤夜的善行者将钻石洒落人间。

我一边粉刷，时不时望着窗外，憧憬有多少个早晨，我们的孩子（男孩或者女孩）会望着同样的森林景观遐想。也就是说，当他或者她一旦长到足可踮起脚跟趴在窗台张望的时候，他（她）会想些什么呢？这种念头激起了我对童年时代的怀念。每一次周末，从星期五晚上到星期六晚上，我的父母几乎都以

---

1. William Morris，1834–1890，英国艺术家、设计师和作家。

宗教式的狂热回上纽约州，是以逃避城市，用父亲的话来形容是"充电"。不管他是否受理案件，不管他是否要处理工作电话，准备抗辩词或者反问材料还是审阅证词，凡是他执业所要求的，无一不在我们位于哈德逊河谷修缮过的农舍书斋里完成。所以我幼年时代常常趴在卧室的窗台上观风景，和此时此刻的情景如出一辙，草地连着草地，夏天鲜花漫野，分隔处是一片森林。

这种栩栩如生的记忆比我过去的所有一切都来得强烈。这立即引出一个问题，我将要成为一个什么样的父亲呢？回看我的父亲，他不一定无懈可击，但他代表了人们所追求的一种榜样。这种榜样完美得几近不真实，因为不可达到，因此不可求。谁知道？但我呢？我有许多要藏掖之事，也知道我和年轻时候不一样，所以总是以别样眼光眺望远端的树林。我是一个从来不知道害怕的人，从来不会害怕深夜树林里传来的叫声，而现在已经不比从前自信了。我会常常挑剔细微，真正的可能性则是树林在对我回眸，在这窗户里设局等我。

套用一句老话，死亡是一种危险的过程，活着又何尝不是如此？作为一个父亲，我必须找到无视恐惧的理由，与此同时还必须找到保护我脆弱家庭的办法。在梅根发觉自己怀孕之前，我本来很容易就可以规避、消除和忽视这种想法的，如今这种自我放逐的想法已经不能成为现在生活和过去生活最好的代替。我一边沿着护墙板刷上新涂料，一边在想，似乎我只能面对现实，最好的方法是重新接受现实。现实就是现实，无论多么可怕，我不是一个可以任由别人指点方向之人。

梅根悄无声息地进入房间，说道："你今天不打算去上班吗？毕加索。"

我一边刷着，一边尖叫道："噢，我的天，你吓着我了。"

"对不起，我不是故意的，"梅根说着，连她自己也有点受惊了。"我们得马上走。记不记得我们要步行过去？"

真是的。我完全忘记我把车停在镇中心了。我急忙洗干净工具，换上工便装和梅根出门了。

我们走出自家车道，踏上土路，不远就是通往镇子的水泥地面。这时，她说话了："有点奇怪，我以前没见过你锁门的。"

"我也没想过我会锁门。"

"没事吧，威尔[1]？"

回答当然是没事，但我还是安慰她说："很好，我很好呀。"我感到吃惊的是，我听到她叫我的昵称，一个我并不十分喜欢的昵称。昵称通常是示爱和亲昵的表示。无需一一列举，因为我们都配不上这个煽情的昵称。请把名字从我们的对话中剔除，我喜欢这样。我猜想，人们一定会说，影子超人不会喜欢别人呼叫他的名字。我已经不再生活在影子里，为什么我不能站在高高的山顶，高声喊出自己的名字？是出于习惯？出于

---

1. Will，威廉的昵称，源自法语，是指强有力的战士或者保护者。

孝心？还是出于自我嫌弃？这个早上，我完全不在状态，这是我所不喜欢的。"我只是在想我们家太偏僻了，但愿孩子晚上不会害怕。"

梅根脸上露出了舒缓的笑容，说我是自作多情，超前想象。我们沿着街边的绿篱往前走。"再说了，"她说道，"有些时候害怕夜晚也是一件好事。"

锁门，锁车，用一把锁，用一根门闩，锁住所有的东西。

锁门无异是告诉别人家有珍藏。我们都希望不受他人侵害，不让他们惦记和垂涎家财。我想起梅根一大早不那么友善但无可辩驳的说辞，我最需要防护的不是用防盗锁或钥匙，也不是我视为宝贝的东西。那是什么呢？对我来说，这种做法是否不真实乃至徒有其表？幸运的是，我们的事业正顺风顺水。当然，我们渴望有房有车（后者应该不在话下），所有这些想法都随着一天慢慢过去而分散我内心的焦虑。

快意的懊恼使我另有他想，亨利·斯莱德同样是虚幻乃至不存在的，至少他不会在肯梅尔现身。午饭时分，我眼前又浮现出这个恶棍的影子。这一次，他从停下的汽车中爬出来，从副驾驶席上扶下一位老太太，护送她进了一家药铺。他的外表并不显得狡黠，我尾随他进入店铺，我看到了一个熟悉的影像，甚至是一个熟悉的脸孔。但当我听到他操着典型的爱尔兰土音说话，就像看到药架上没有任何我要买的配方药物，我不由得松了一口气。我从来没有像现在一样欣喜如狂，感觉就像是一个完美的傻瓜。

念由心生。工作之余，我还真的在一家五金店停下来询问在哪里可以请一位技师安装家庭安全监控灯具。我认为梅根一定会同意我的建议，于是我决定向房东提议，请他同意我们的照明设计方案。作为回报，我们会自己支付购买器材所需费用，也包括物业管理账单上增加的其他费用。没错，在众多的理由中，我认为我们之所以在美丽的肯梅尔定居，是因为这里的犯罪率极低。从最坏的角度说，爱尔兰只是存在轻微犯罪的国家，无非是小偷小摸，或是偶尔放纵自己的酒徒在看到自己喜爱的曲棍球队赢了比赛，自己属意的足球运动员攻入致胜一球之后，因为醉酒而破人窗户、损人鼻梁之类。再说了，我对自己有足够的了解，我对住所的安全关注植根至深，是傻也好，可笑也罢，以其让别人惦记，还不如采取行动。当我向房东沙利文先生（这所房子是他们家族的祖产）解释我安装家庭安全监控灯具的原因时，我对他说，梅根的兄长是在介乎深夜到清晨这段时间在房子里被残杀致死的，沙利文先生应该对此高度理解。他又有什么可能不同意呢？我的措施正好可以使他的地产防患于未然。

沙利文先生很喜欢我的提议，他批准了我的改造计划，并且慷慨承诺支付一半费用。事已至此，梅根反倒心里没底了。

几天后我们在村里吃午餐，我们见到承包商。梅根说道："别让我惹上事哟。晚上屋里黑，特别是没有月亮或者云层遮盖的时候——"

"这种情况还真的很多。"

"你说对了，这种情况还真的很多。可我要说的是你担心过度了。说到锁门，第一个月我们几乎就没有锁过门呀，这真是要用心记住的。你也知道，这里不是纽约。"

我挠挠腮帮子，往她身后望了一眼，然后说道："你说得对，这里不是纽约。我想保护我们的家庭，这很正常呀。我们现在真的是一个家庭了。如果你认为没有必要，我们也可以不做。"

这次轮到她思考了。她把手伸过餐桌，轻柔地，几乎是母亲般地搁在我的手上。她说道："你就按你认为最好的方式去做吧。"

"我们可以安装卤素探照灯来循环照明。"我半开玩笑地说道。我松了一口气，争论终于结束。梅根虽然对我的想法并不完全拥护，但至少她能够容忍。在和虚幻的斯莱德照面之后，我一直处于臆想之中，这也唤起了我奇异但合乎逻辑的恐惧感。无论如何，我都要自信。我叫侍应生埋单。

随后梅根说了一句话使我大吃一惊，我一时无从反应。她说："知道吗，我要向你道歉。"

"装灯的事？不用道歉，也不必担心。"

"不是。你听我说下去，我是说，有些时候我太容易忘记亚当谋杀致死一事对你的生活造成过巨大的冲击。他是我的哥哥，我们彼此亲近，甚至有些过分。他真的很依赖我。他依赖我的程度超过了我能给他的，我遇见你之后更是这样。"我感到脚底发冷，就像把脚即时插进冰块一般。我开口说道："别这样，梅根。你别担心。"

"看到他死时的惨状，我知道我对你严厉过头了。我记得我说过的一些话，有些是不很友善的。我是为这道歉。我赞成锁门，赞成安装安全监控灯具，也赞成你关于屋舍太偏僻的说法。总之赞成你说的一切。假设亚当能锁门，假设他装了遥控灯，也许就不会出现那种事了。谁知道呢？"

"梅根——"

"我应当尊重你的失落感，你也失去了亚当。"说到这里，她略有抽泣。

我们离开餐馆，相互挽着手臂，仿佛是一对从战场上相互搀扶的伤兵难友。我该说些什么？在我的脑子里闪现出各种各样的主意，但最好的主意是什么都不说。因此，我一路沉默陪她回到书店。在书店门口，她用我的围巾擦了擦眼睛，然后和我分手了。我去承包商办公室把合同签了。

我问道："什么时候可以开工？"

他说道："下个星期开始。"

"动工的时候，您能不能对警铃系统做个评估？门铃和楼下窗户的。"

接下来的那一周，我告了个假，为的是监督工作，也就是近距离地督办安装事宜。当电气技师开始在屋檐下长满茅草的地下铺设电缆的时候，我尽可能不去妨碍他们的工作。我的注意力大部分放在了我的准育婴房。早先我已经完成了墙壁的粉刷和装饰品的布置，也修整了我和梅根在一家旧货店买的婴儿车。这座建筑年代久远，要把警铃安装到位并且达到功能要求是颇显工匠技巧的活路。在遍布卵石的院子里挖坑埋线，在树林边缘安装额外的地灯也颇为不易。安装工的技术很熟练，工程进展也十分顺利。当工程终于完成，梅根往家里带了一瓶庆功苹果酒。她半开玩笑地说："为了一千零一夜的安稳觉干杯。"夜幕降临，华灯初上，我俩手捧酒杯在院子里漫步观赏。灯光不仅照亮房屋，也给周边田野带来光明，把院子里的树木拉出颀长的倩影。多么耀眼的情景，绝对是我所希望的效果。在我们入睡之后，只要我听到门外有异常的干扰响动，黑夜立即会变成白昼。诚然，梅根完全有权认定我的安全工程是一个过度防护的父亲毫无必要的行为，而当白昼逝去，她高兴地看着我幸福满脸。她说道："准了。你可以把我们辛苦挣来的钱花在这恶心人的事上了。"

事实上，我发觉自己仍然在提防身后，明显没有理由啊。至于睡眠，则依旧一夜无梦，但继续有间歇性的失眠。我知道什么时候是星星和月亮升到可以望见的地方。它们永不停歇地绕着自己的轨道运行，在横过卧室窗口的时候，洒下温柔灵动的光芒。我在问自己，既然我们已经找到了一个心目中如庇护所一样安全的居所，我还有什么理由自寻烦恼，明知没有还要去自寻烦恼折磨自己。

紧接下来的那一周，有消息传来说，警方或者是一位一直对亚当·迪尔案件感兴趣的探员（后来知道是冷风天气出现在葬礼上的那个家伙）抓了一个人做进一步调查。此事煽起了公众的情绪，我们脆弱的平静亦受到挑战。我希望使妻子振作精神，但希望转化成了自己的恐慌与沮丧。

梅根当天就接到了来自蒙多克的电话，那是在不到几年的时间由于缺乏证据让亨利·斯莱德第二次逃脱的时候。那位名叫波洛克的警官（名字一如抽象派画家波洛克[1]）告诉她只是想让她知道有讯问一事，说他会沿着旧案证据继续追寻线索，继续搜查，以使她兄长的谋杀案保持仍在查的状态。我坚持请她连续两次把那位探员的话由始至终向我复述。我所能做的是不要提问，让她自己把对话内容逐字逐句说出来，不必有第三次。我希望把握自己的心机因此暴露无遗。我更感兴趣的是波洛克与斯莱德的见面，而不是亚当的案件。为此，我得谨慎行事。梅根就亚当之死对我生活造成冲击的失察所做的道歉曾使我精神紧张，也给我提供了一个正当理由去表达我对电话的高度好奇心。我对消息中提到斯莱德所表现出无比兴趣可以合理地解释为对亚当案公平的新关注。我相信这似乎也是妻子所想，这是我想达到的最好的效果。事实则是，我对斯莱德有一种原生绝望的不安感，除斯莱德别无他人。

我问道："下一步有什么行动？"稍后，我觉着我得放弃这种念头，就像门外的安全灯和预警系统的功能一样，免得她顺着同一线索另外找到思路。的确如此。"他说过现在有什么事吗？"

"不太明确。他只是打算保持跟进。"

---

1. Jackson Pollock，1922–1956，美国画家，20世纪美国抽象派绘画奠基人之一。

"他是不是很有信心能够抓住某一个人？他似乎对案件很投入。"

她用双手把头发往后捋了捋，皱了皱眉头，眼睛里呈现毫无希望的神色。"他还告诉我如果他能及时赶回去，竭尽全力指认第一个对破坏凶杀现场做出反应的人，其中一个是初犯，另一个是惯犯。他是这样说的。所有的电影和电视连续剧的庭审中，描述犯罪现场是一个神奇的工作，是一门科学，完全依靠无可争辩的证据。"

负罪感与负罪是不能相提并论的。这是我对听到梅根越洋电话中的最后陈辞有感而发。听到梅根的说法，我最初的惊讶心情稍有平复。无论他扮演一个什么样的说谎者角色，我都将有可能撇开干系。他还继续制造伪作吗？我觉得自己接收的是光明的一面，又或许我并没有完全接受事实，一个一开始就不在我的一边浸润奇辉的事实。那就是我的报应。当局除了再次讯问老斯莱德之外，有没有更好的办法来避免走进死胡同呢？斯莱德的罪行除了欺骗、敲诈、贪婪以及了解其他同路人的劣迹之外，他们已经没有行之有效的诉讼来拯救一个鲜活的灵魂，尤其是对付我。

我很明白，在这危险稍纵即逝的时刻，为了我所爱的梅根，为了一个准父亲对即将诞生的婴儿有所期许的挚爱，我要设法成就我自己最佳的造伪。爱之好坏会牵引道德的基线，爱是介乎猜忌、永恒与现实之间的一个词。我已经准备好在造伪殿堂中找到自己的位置。在众多造伪者中，大部分都还是初出茅庐的模仿者，模仿的是他们的艺术，我可不在此列。又有谁会企图供出我是一个还没有被发现的行家。一批意义非凡的夏洛克·福尔摩斯伪造信件似乎不应该是我的杰作。我告诉梅根，我很高兴波洛克仍然在追踪谋杀案，很可惜，没有人会关注他的努力。而最使我不快的是他做的无效努力，警方应该幡然醒悟，最好的努力是让野兽沉睡不醒。

我仰慕父亲，我崇拜母亲。

我父亲作为一位藏书家留给我的遗产为我打开文学首版印刷教育之门，我拥有的一切归功于父亲。亚瑟·柯南道尔的著作确是所有珍藏本中的珍本，这是怎么说都不为过的。挂在肯梅尔小屋的那几幅水彩画，迷人的风景唤起了梅根对 W.B.叶芝的兄弟杰克[1]那些作品淡淡的记忆。然而，就书法的高超技艺而言，正是我母亲对我产生过至为重要的影响。

我和梅根开始为我们孩子的小小图书馆收集描图婴儿韵诗和仙女故事。记得童年时代，我坐在母亲腿上，听她描述彩色图画中神奇王子和公主的故事，听她讲逃跑的班尼和绒毛兔，野生世界和会说话的动物，还有其他许多有趣动物的生存方式。记得念小学的时候，老师督促我用右手写字，母亲却为我鸣不平，亲自打电话给校长，要求他们顺应我左撇子的习性。我妈是非墨守成规的总成，她自己就是左撇子，她赢得了应有的尊重，我因此也成了左撇子。或许是基因的缘故，用手的习惯成为我以后进入造伪者行列的小小挑战。很明显，一个习惯使我赢得了成功，我在六七岁的时候就成了早熟少年。正是妈妈，领我去参观弗里克艺术博物馆，摩根博物馆和大都会艺术博物馆。她不仅让我观摩老牌大师的画作和罗马壁画，也让我观摩惊艳人生的威廉·布莱克[2]诗书入画的作品。母亲不厌其

---

1. Jack butler Yeats，1871–1957，爱尔兰画家。
2. William Blake，1757–1827，英国文学史上最重要的浪漫主义诗人、版画家。

烦地向我解释个中韵味。正是我这位可亲可爱的妈妈,发现我
对书法的兴趣萌芽,许诺带我去亚洲会馆观摩日本各个朝代的
大师卷轴,去纽约公共图书馆参观有中世纪描图手卷的大型展
览会。还是我妈,她把我按在书桌前,给我纸,给我墨水、毛
笔和钢笔,教我怎样在一张空白的纸上达到最佳的白描效果。
她先是给我示范如何在描图纸上模仿成品字词,尔后又把所有
的描图网格抹去,让我体味我落笔的效果,把已经完成的线条
和一张美丽的手工制作的大尺幅纸上线条进行比较。

　　母亲要把我早期的书法艺术杰作中的所有障碍从我的成
长道路上扫除。作为一个年轻的造伪者,成就一个艺术家所有
的真实画像,应该归功于她,我的老师,我的督导,我的心灵
导师。她以千百年来从没有过的明确限制条款约束我,希望我
成为她所希望成为的人。她是一位良师而不是先知。作为母亲,
她一定预见到造伪行业的将来,她给她的孩子手中的工具是用
来建筑伟大的尘世教堂而不是富丽堂皇的洗手间。为了继续我
的传奇,我却选择了茅厕,这就有违她的希冀,但这不是她的
错。我找到使自己成癖的道路完全是自己的选择。

　　我记得,我的第一课是她在我家农庄楼上的餐桌前给我
上的。我坐在她的旁边,她鼓励我用手去模仿宫廷草书手迹。
一如平常,我先在纸上胡乱描画以为热身。我在纸上描画"S"
平躺曲线代表抽象的波浪,粗直的竖写观如竹枝围栏,以此形
成完美的圆圈连接和完美的同心圆,这或许使她惊讶不已。随

心所欲的涂鸦之作并非宫廷草书，它只能将它与古典的人物线条画相比，而不是达芬奇[1]笔下轻淡柔和的裸女画。最初，我发现自己对此完全外行，因而感到十分沮丧，但我喜欢贴近她。我在学校是一个公认性格内向的人，上课从不开口，有事付诸肢体语言，直接结果是停学，但我冥顽固执。我每一次舒展拳脚，都会导致校长要我停课几天或者几周，却也遂我所愿。我喜欢在家受教，它远比我在学校体系中正式学到的要多得多。我每一次陷入麻烦的诱因与我痛击了一个恃强凌弱的家伙或者殴打故意惹我的小子无关。问题是我没有向校方承认错误，也没有告诉父母，甚至自己也不承认。其结果可想而知，但反倒给我提供了一个可以有更多时间和妈妈在一起的机会。

我的工艺技术最终超过她大概是我十二岁的时候。我可以模仿她复制的几乎所有的书帖和历史文献的所有书写风格。每一页文字我可以字字模仿无误，并且用尽各种书写形式，以各种手段签上我的大名。对了，有些古老的草书如早期用铁胆墨水写在羊皮纸上的《自由大宪章》[2]我就没有兴趣去模仿。母亲不屑与我竞赛，而是鼓励我继续努力。

当她诊断出患了甲状腺癌之后，她勇敢面对，在她身体尚能坚持之时继续和我一起工作。当我已经没有手写样本可以

---

1. Leonardo Da Vinci，1452–1519，意大利学者和艺术家，欧洲文艺复兴时代的天才发明家，代表作有《蒙娜丽莎》、《最后的晚餐》等。
2. "Magna Carta"，1215 年英国贵族胁迫约翰王签署该宪章。

模仿之时，我们就转向父亲的藏书，从中汲取灵感。回顾当年，她一定十分清楚父亲肯定会反对我们的做法，但我们还是无所顾忌，继续我们的习练。我们瞒着父亲习练不辍。不久，我已经能够精确地抄写出父亲收藏的一些柯南道尔书信及手稿各种版本的副本。我们貌似无害的行为所潜在的道德问题会困扰她吗？我无法想象，我只能提出疑问。我模仿出来的不是造假之作。毕竟，我没有想过去伪造文件，也没有刻意去仿制与大师用过的墨水相匹配的颜色，我俩从来也没有考虑过把仿品作为原作提供给买家去欺骗他们，绝对不会。我感兴趣的只是字样、字形、书写形式以及词的数量，只有这些能够使我着迷，使她为之自豪，真的。例如，每当我完成一封使原作者的朋友感到温暖的书信，我的一部分灵魂就会和道尔融为一体。这就是我初涉尘世的纯真爱好。

我亲爱的母亲妮可在三十六岁那年去世了，比我现在小了整整 7 岁。当时我父亲的反应（至少是在我幼小的心灵里）是难以置信的，并且令我惶恐不安。按我当时能够想到的，他没有（和我一样）完全沉浸在哀思之中，或因为思念而哭泣，反而全身心投入他的律师工作，比以前购买更多的书籍。我对他依旧崇敬，他是我的一切，但他也因此使我困惑。回过头看，他明显受到很大的打击。他的弟弟是一个土木工程师，妹妹则是一个家庭主妇（也就是习惯上对一个不可能通过努力工作来经营家庭生活和维持家庭的妇女）。他们与他之间关系都不密切。在他们履行出席葬礼的责任之后，就各自返回加州和康州的家。此后，除了感恩节偶尔打个电话，偶尔寄张圣诞卡片之外，和我们家再无更多的联系。正因为如此，当叔叔听到我被捕和因为造伪受到审判，他从来没有联系过我，我也从来不在乎这个过着养尊处优的生活和孤芳自赏的人。他的活力、天分、灵性以及他的成就没有父亲的十分之一。至于姑妈，我已经很多年没有她的消息了，也不知道她和她那一窝令人讨厌的孩子是不是和我一样还生活在这个星球。

妈妈去世之后，从父亲僵硬的上嘴唇表现可以看出他迅速苍老了许多。没有任何东西，甚至买入世界上稀罕的文献可以填补失去至爱的妮可的心灵空缺。在我上大学（耶鲁，他的母校）这一段时间里，唯一可以与我沟通的方式是他最了解的方式，就是和我分享书的世界。我一边成为学校可怜的恶棍，一边着魔地在家里改进我的书法技艺。我无休无止地读书，包括小说、历史、诗歌、戏剧以及传记等所有触手可及的书。我毫无节制地翻阅父亲书库里的每一册书，像一个吃了上顿没下顿的饿汉一般狼吞虎咽，读到一本书的最后一页和最后一段，又以同样的手势和同样的时间再翻到第一页和第二页。如此循环，但从来不会混淆任何一个情节。我的记忆力不是最清晰的，但也像捕蝇网那样疏而不漏。我行事隐蔽，从来不会让别人发现我这方面的天赋。因为我还年轻，对一个具有神秘清晰头脑的儿童，尤其是像我这样喜欢依赖母亲的人，读书太多和记忆力超常往往会导致交际灾难。这些技能的确使我的学业如虎添翼，使我的思维自由飞翔，也有助于我早期作为合法书虫以及初涉造伪行当的努力。

当父亲向我伸出手的时候，我学会了收敛自己。他喜欢拿出他的珍藏，极其精确地告诉我书为什么珍贵，是什么使它成为唯一。他的三本一套的哈代《德伯家的苔丝》，他的《艾玛》[1]，他用当代花点小牛皮包装的《汤姆·琼斯》[2]等等都是品相极好的珍本，正如他自己所说"新鲜如初出"。尤其让他动感情的是，一本书的品相恰如几十年前甚至几百年前出版当日作家本人第一次拿在手里那一刻一样新。拥有一本原始状态的珍本犹如活在另一个年代直接与作家分享经验，如同穿越时空与那些常年为保护书籍免于时间腐蚀的藏家们进行交流。他认为这就是品相的价值。诚然，他是一个很好的投资人，他对某些物事盲目崇拜，但他对签名和题签本的热爱与通常的盲目崇拜无关，也不是关乎纯粹的市场投资价值。我得再次强调，这只是与作者的亲近度而已。作家有血有肉的手曾经接触过的题签书页（或者整幅折页）对整个主体来说具有不可估量的重要意义，使之尊贵和独一无二。也许更重要的是私有性，甚至是亲密度。作者的DNA，作者所描述的字句以及温情的题献，

---

1. "Emma"，英国作家 简·奥斯汀（Jane Austen，1775–1817）的长篇小说。
2. "Tom Jones"，英国小说家亨利·菲尔丁（Henry Fielding，1707–1754）的长篇小说。

把最普通的作品提升到最高的编目价值。不仅仅是经济价值，假如你认同，应该是精神价值。

我们父子最好的相处阶段与少棒比赛无关，也不是结伴去艾迪隆达克露营，而是当父亲收到来自伦敦、爱丁堡或者巴黎寄来的特殊包裹的时候。他会慢慢打开包裹，如孩童般的热切，如成人般的满足去看一眼，在虔诚审视之后把它递给我。这是我们十分享受的小型庆典仪式。我知道，这也是无与伦比的父亲式信任。在送回藏书室之前，我会以一个向大师学习的新人深切分享兴趣的动作审视手中的宝贝，以报答父亲的信任。

他庄重地说道："藏书是一个信仰的行为，事关对文化的保存和监护。每当我增加一本收藏的时候，我就承担了使它安全的责任，还有追觅的乐趣。努力去找到一本书会使我产生自我认识。但并非任何一本书，而是你能够找到的那本，那本最具历史趣味的最好的那本。总而言之，我从来也找不到合适的词来形容藏书的意义。T.S.艾略特[1]的《荒原》（"The Waste Land"）有一行诗写到这种意境。父亲会问我："你读过那首诗吗？"当时，我并不能完全理解父亲的理论。

我摇摇头。很抱歉，那时我并不理解这是我们之间非常重要的一次对话，我真应该在我余下的生命中牢牢记住。

"好吧，有机会时我们再一起读一读。在这首诗的结尾

---

1. T.S. Eliot, 1888–1965，英国诗人，出生于美国。

处是这么写的，'我所拥有的残片是我废墟的支点'。书使我们感到自己还活着。试想，我们不可能永远活着，书则可以使我们觉得活着。你看见房子里满墙的书吗？它们立在我们与未知者之间。这就是我感到最安全和最幸福之事，使我们活着的就站立在这里。汽车模型、玩具熊、茶壶，我以为所有我们收藏的东西都不过如此。我们的祖先造出了这些物件，我们依赖它们作为我们废墟的支撑点。就像宗教一样，它们给了我们舒适和愉快的小小生存空间。孩子，我想你会说，书就是我的宗教，不仅仅限于经文，而是宗教本身。"

我问他："爹，一本书怎样才能称为珍本？"

他说道："只要我没有见到它。"一开始他说得很严肃，尔后给了我他独有的温暖微笑。

那年我16岁，母亲刚刚去世不久。此时，他做了一件能够证明他获得极大成功的事，同时也对我产生很大诱惑。在伦敦的拍卖会上出现了一件拍品，不是一本书，也不是一件手稿，而是柯南道尔自己的自来水笔之一。它的出处毋庸置疑，是一件精美的物品。这支笔早于派克·多佛尔德家族生产的笔，是道尔在二十世纪初以来使用过的著名的笔，它立即成为父亲数以千计的藏品中最喜欢的物品。一如他收到的许多包裹一样，他当着我的面拆开了包裹，并且告诉我它为什么如此特别，以此来探我高兴。但是，他不像取出其他许多物件那样，而是把笔从细心包装的箱里小心翼翼地捧取出来，也不让我去碰那支笔。

"只能看，不能碰。"我至今记得他以警告的语气说的
每一个字。

我听不明白他的话，感到自己被轻视了。这并不是迄今为
止他所购买的最贵的物品。"为什么？我以为你是信任我的。"

"我当然信任你，孩子。我们都明白如何对待书籍、信件、
手稿之类。但是这是非同一般的物品，就像是从美索不达米
亚[1]出土的石器。我这样说吧，是博物馆收藏级的稀有品。我
们还不了解它的耐损程度，我不想冒任何风险。明白了吗？"

"我答应不去碰它。"我对着他笑着说了一句谎话。我
仔细端详着他眼角的鱼尾纹随着他大手里不断翻看的心爱自
来水笔舒展弯曲，恰似艺伎手中的折扇开合一般。

在经历了和父亲在一起的时刻之后，我们都各自有自己
的事要做。此后，我又经历了许多事情，有惊恐的，也有高兴
的，但经过这一次事情，我认定那是一个分水岭。我从来都不
喜欢对母亲撒谎，因为我爱她，爱她的开放心胸，任何形式的
欺骗和假话，不仅错误而且毫无意义。至少从童年进入少年的
那段时期，我对父亲几乎敬而远之。因此，撒谎将要承受严重
后果。每当我受到停学处分的时候，我都会怪别人挑事在先，
但他什么也不会说。对于他，真理是不容歪曲的，是可信的，

---

1. Mesopotamia，迄今为止可能是世界上人类最早征服猪肝河流的地区和最早发明
楔形文字的地区。

这两点在他的工作中和他的收藏中永远是至高无上的。在他的职业中，那些整天浸泡在受污染河里的人无非是一些塞责者、伪证者和撒谎大家。

他警告我："我不想与肮脏的人打交道。"

这种警告我大部分都听从了，直到（应该是）寄来自来水笔之后，事情发生了变化。使用作者自己的书写工具来复制甚至编写一封由亚瑟–柯南道尔书写的信件，这个想法太诱人了，太有挑战性了，当然也太下作了。如你所想，我当时尽量避免这种念头。这种轻率的举动只会使事情变得更加无耻。

我是一个为事业而生的人，自我青涩逆反时期就开始制定按后知之明所说的努力方向。说天才吧，这个词用得有点太过，就说是自以为是的心灵手巧吧。我可以把父亲收藏的手稿档案倒背如流。我记得柯南道尔自 1890 年中期开始的手稿结尾有一纸附页，而道尔只写了页数。似乎他只是完成了预期中的一页草稿但留下了几乎是空白的一页，这正适合我预期的目标。我不仅不会给作者的原始创意续貂，反倒可以用大师的笔和他亲手摸过的纸即那一页珍贵的留白，模仿出或许别人也有可能模仿的几近于柯南道尔的笔迹。

就在一个寒冷的白天，父亲出庭去了。机会来了，我有足够的时间独自留在公寓里。我把手稿从精致的皮公文包里拿出来，取出空页。幸运的是，它没有用别针或万字夹固定。我把空页摆在母亲的书桌上。我和母亲在这张书桌前肩并肩度过

了许多美好的时光。我煞费苦心地把大师的自来水笔吸满威迪
文墨水。反复练习"柯南道尔"签名之前，我先在一张新债券
上涂鸦实验。我发现自己可以信手拈来，不禁心中狂喜，脉搏
如机械的节拍器一般扑扑跳动。

　　下一个问题来了。假如我是亚瑟·柯南道尔，他不会把自
己亲手所写简单地重抄一遍，绝对不会。我需要顺着他的语气、
他的构思和他的神韵。我对自己说，柯南道尔作为一时无两的
心灵构思大家本人，应该会欣赏我这一奇思异想的。我决定以
他的口吻写一封短信。这封信必须简短，因为我还没有必需的
专长来写出繁复的内容，也不会有机会获得成功。我该怎么做
呢？我指的是成功。要领应该是据之有理的，我不能确定在一
段时间内自己可以拼凑多少字来。言之凿凿会加强可信度，这
样的文件就可以使得即便是一个老练、目光犀利，有如鹰钩鼻
子父亲那样的专家们深信不疑。在我集成的所有藏品都拱手相
让之后，我至今还保存着那支自来水笔以及用它制作的第一件
伪作。必须承认，就像当年雪天里在曼哈顿的青涩少年制作它
的时候那样，我至今仍然引以为豪。信件签署的年份是1897年，
这是我经过深思熟虑设定的年份。这封信是写给作者唯一的弟
弟英尼斯的，婉谢了与他共进晚餐的请求。巧妙构思的平淡无
奇的背景将构筑更加迷人的附文来强调作者的生活。道尔之所
以那天晚上不能如约与英尼斯共进晚餐，不是因为邀请与计划
冲突或者因为生病，而是由于恰逢他邂逅了一位婚外女士并且

一见钟情,这位女士名叫珍妮·勒奇[1]。在如此不平静的状态下,他觉得公开露面是不适宜的。在我的这封信中,道尔对兄弟有所保留,只是把这位女士的名字而不是全称告诉其弟。她貌若天仙,年轻,激情四溢。珍妮·勒奇当然也不是十全十美,他极不情愿承认这一说法。他对英尼斯承认,如果不是他妻子露易丝"犯有傲慢难忍的过错"(一个叫小约翰·格拉斯彼·马吉[2]的家伙1941年写的诗。唉,这个家伙本来打算向珍妮求婚),我决不会这样做。我唯一和致命的时代错误就是没有把我的伪作出手。在我们公寓的图书柜里有不少夏洛克·福尔摩斯作者的传记。说真的,我们家有不少珍藏的书,有卷边的平版书,有画过线的参考书,都是些我们所喜欢的。我非常小心地在我的研究中力求事实准确,以使这封信不会出现与事实有出入的历史性错误。阿克琉斯之踵万万不能出现。一段想象的文字可能会成为专门的研究信件,在从中挑刺的专家面前暴露无遗。这些专家有可能不是研究柯南道尔信件或者研究柯南道尔私生活的专家。我做成了。我在毫无价值的现代纸上先写下初稿,又重复一遍之后才着手在旧纸上动笔,曾经的道尔现在变成区区在下了。它首尾相连的签名犹如花体字下面的一条舒展的丝线。我仔细地研究怎样才能掌握页码的处理,事实上,标在文件上的数码是柯南道尔亲手写上去的。我决定用最简单的办

---

1. Jean Leckie,1907 年与道尔结婚。
2. John Gillespie Magee,1922–1941,美国诗人。

法，就是用刀片把纸头画上半英寸长的线，然后小心翼翼地把它撕下来，这样，纸边仅留下非常细微的毛边。我如何处理这件有负罪感的物件呢？我把纸边放在父亲书斋的地毯上摩擦，然后用微量细泥把它做旧，使纸边充满沧桑感。还有残存的数码怎么办？我把它连同撕成邮票大小的练习草稿一起在抽水马桶里一冲了事。

震撼人心。我在寓所的各种光线下端详我的杰作，自然光线、荧光灯、炽光灯等等一切寓所能够提供的光源。在我年轻的眼光里，它是我的初期杰作。也不见得有多难，对吧？我把笔冲洗干净，然后把它放回精致的箱子里。这是一个定制的箱子，用长毛绒紫缎镶边，尽显奢华。这种紫缎面料如此华丽，美得适合作为维多利亚女王的内衣。我尽可能小心地把箱子放进父亲平常保管它的带锁抽屉里，然后把骨质钥匙放回父亲藏它的地方。当然，父亲藏匿钥匙是为了防范他人，而不是防范见过钥匙的亲儿子。

然后，我就要找个地方把我的仿品藏起来。我洋洋得意地对自己说，就是它了。我想把它藏在眼睛可以触及的地方。但在卧室里环顾一圈之后，我没有找到合适的位置，没有安全的藏匿点。回到父亲的书斋，我把它插在塞缪尔·约翰逊[1]词典第二本的折页里。没有人（甚至父亲）会翻开来往里边看。

---

1. Samuel Johnson，1709–1784，英国历史上最有名的文人之一。

当然了，万一真有人翻开来看了，他会惊讶地发现这是亚瑟·柯南道尔失传已久的一封信。他会认为作者很可能是道尔本人，又或者认为他死去的弟弟英尼斯曾经是这本词典的主人。毕竟，这本最伟大的词典或许不是某个个人可以单独完成的。在1897年，《牛津英语大词典》编撰委员会甚至还没有完成编撰的一半呢。

屋外，降雪已经减为缤纷的雪花飘散在街上。耀眼的太阳穿过云层，照在我们家门口的一排建筑物的花岗岩和砖墙上，闪闪的阳光犹如喜庆的众神聚会。我不在其中。

　　我终于明白了，我想象中的斯莱德凝视只是我的偏执臆想。

　　这种臆想足以让我精神紧张，足以让我惶恐不安。警方把斯莱德带去做另一轮的审讯。这件事真的惹恼了我，我对自己爱恨交加，因为我的安全与斯莱德息息相关。的确，我可能一时因为亨利·斯莱德陷入困境感到高兴，也担心会出现毁局的可能，但愿此事不再。困兽犹斗否则无异困住自己。我在思索，为什么是他？为什么警方盯住斯莱德？在我的认知中，有值得一提的零星物理证据吗？

　　斯莱德被问及何事？他又如何作答？审讯中涉及我的名字吗？假如有，又会关联何事呢？他们当时有没有越过斯莱德朝这个方向看呢？我想他应该没有提及我，因为如果他提及我，蒙多克探员以及他们在爱尔兰的代理人会不会出现在小屋门前问我几句话？我已经经过几轮长时间的问询，我至少是感到很不愉快的。虽然，我不是一个法律专业的学生，质询至少有一个限度，尤其是对那些早就已经列入不再怀疑名单里的人。并非任何质询以及我自信的回答都会使我夜间辗转难眠，但底线是，如果斯莱德再次受审，我也逃不过的。

　　梅根注意到了我的情绪变化，她说道："看看你的眼睛。你最近照镜子了吗？你的眼睛可怕极了。"

　　"很好啊。"

　　"别呀，别让我想错了。"她轻笑着地继续说道，"我只是关心你在担心什么。新生儿降生之前你有很多时间可以安枕入眠。"

我们开车去金赛尔我们最喜欢的一家餐馆午餐过嘴瘾。这种率性而行的觅食之旅，使我们回到多年前在纽约地铁历险的时光。我们一起到郊区去寻觅美味的烟熏鸭翅，还有炭烧高丽章鱼，这一切很快都成了美好的记忆。孤儿不会喜欢也不需要烟熏鸭翅。

"担心，我？担心什么？"我并不擅长临时掩饰自己。而我这种反常的举动丝毫没有引起梅根的注意。因为她不是一个智者。

她说道："当然是成为一个父亲呗。"

在梅根说话的时候，我们的车正在一条可以俯瞰一千英尺下面的海洋的窄道上飞驰。我喘了一口气。无论是她关切的语气还是极其简单的话语本身，都会引起我的注意。从某个方面来说，自从到达这里之后，我的未来都不是紧紧地攥在自己手里。我现在开的是一辆买来的二手宝马，我在尝试适应新的方向盘位置，左边而不是右边。我是一个善于觅意于无形的人，这意味着我要在我的人生旅途找到全新的方向。坐在我身边的妻子，是一位可爱、敏感的女士，她从所有的理由中偶尔找到一个，那就是爱上我，和我同结连理。正因为如此，我必须把曾经让我背离方向的生与死的选择抛在脑后。我选择了聪明。在我的心里把这份聪明的想法浓缩成一本圣经的形状，一本赖以为生的圣经。

那一天闲下来的时候，我所体会到的自由是心灵的解脱。当然，这种解脱是为了证明那一刻，即短暂的生命只是一场梦，但似乎这只是梦呓。餐馆里，我坐在梅根对面。门外，紫红暗灰的云彩在天空中翻卷追逐，要下雨了。我从来没有感到此刻爱意正浓，也从来没有感到多年以来，今天如此放松。

我说道："假如我母亲还在，她一定会很爱你的。"

"你以前告诉过我，"她回答道。"我真希望见过她。"

"她去世的时候我还小，没有机会和她做一个母亲与儿子关于有一天我该与什么样的女孩子结婚的讨论。但是，如果我可以挑起这个话题，我会说你就是那个能够满足她的希望和我结婚的女孩。"

我们在暴雨中驱车回家。如果天空依旧蔚蓝一片，那就再美不过。那天晚上我睡觉出奇的沉稳。以后几周里，由于我小有领悟，生活过得异常轻松。我十分愿意认为这是我已经成熟的表现，这种成熟是母亲给我的永久恩赐，也是父亲影响的结果。在这段时间里，梅根也开始展现出少有的阳光气色。整个世界就像但丁·加百利·罗塞蒂[1]的画作一样阳光灿烂。

挂号信正好在感恩节之前送达，这自然让人心惊肉跳。很明显，在将来，我和信件之间一定不会轻松相伴。还在幼年

---

1. Dante Gabriel Rossetti, 1828–1882, 英国画家，诗人。

时代，我喜欢看到邮差出现，当然，他不一定会经常给我们带来珍本邮包。虽然这一次挂号信是写明由梅根转交我收的，我还是亲自到邮局签收了邮件。在研究了信封上的地址之后，我发现信件并不是发自我的梦魇魔鬼，而是从妻子东区老书屋发出的。因为梅根仍然占有书屋三分之一的股份，我希望看到的不是书屋倒闭的消息。晚饭之前，梅根打开了信封，我们发现内容完全出乎我的意料。

梅根说道："看来他们是想收购我的全部产权。"为了确定理解无误，她又读了一遍信函。

我已经知道了答案，但我还是问她："你怎么想呢？"

她说："时间节点正合适，恰恰是我怀孕的时候，"从她细微的表情，我看得出她对此充满了渴求。"既然我们已经在这里过日子了，我们为什么要给那边的事捆住手脚呢？只要我们保存有效文件，你说对吗？"

她把信递给我看。他们的提议相当公平。作为条件之一，不管任何时候梅根仍然是合伙人之一，目的是为了减轻他们集体收购初衷的责任。最好的处理方式是，这家书屋过去是，现在是，并且将来还是保持独立和不确定股权的企业，让书屋股权未决，至少比在客厅里饲养一只雪豹要容易得多。她原本拥有的股份变现足可以让她感到自豪。

她说道："趁我们还能够自由往返，我要亲自出马，就在老纽约签署文件，"其时，我们正在厨房里肩并肩将这晚餐剩菜做个一勺烩。"再说了，在孩子出生之前，就让我们在那里度过最后一个感恩节吧。"

我们安排好了一切，包括请一周的事假，请房东照看房屋等等，然后我们开车去香农，赶上飞往纽约肯尼迪机场的航班。在出租车接近纽约中城隧道的时候，我从出租汽车窗前往外凝视。尽管我无数次亲历若隐若现的摩天大楼，城市方正以及尖顶的灰色高楼并不能抹去在我心中形成的墓园之感。虽然我们只是离开了半年多一点的时间，梅根表现出再次造访那种欣喜若狂的样子，而我的喜悦则是装出来的。

当日晚上，我们在联合广场附近的一家意大利餐馆和梅根书屋的伙计（也就是即加盟成为书屋集体拥有人的全责老板们）共进晚餐。我们频频举盏。满盘的鱿鱼和现炒的西葫芦开胃菜不断上桌，我的激情因此和他们一样挑至最高。在激情洋溢的几个小时里，我在刚刚着陆时那地狱般的恐惧一扫而空。我完全忘记了我们设计好的偏隅一角的克里乡村才是我的安全所在。置身于梅根可爱可信的"孩子们"中间（虽然其中有几位已经和她年龄相仿，梅根至今仍然喜悦地坚持这样称呼他们），我感觉到自己脆弱和无助。更糟糕的是，我得（必须的）在妻子面前掩饰我内心的颤抖。如果她问起，我对自己的预感无法做出有逻辑的解释。

即将获得出售书屋平衡股份的新进之财，使我们心中充满喜悦。我们入住了非比寻常的豪华酒店。我们可以在酒店客房里俯瞰梅西公园，那里有我曾经居住过的社区。我们要在感恩节前的星期四在巴特雷公园附近的律师事务所执行合同签订和交割支票。由于没有其他事务，我和梅根造访了书屋。她说："我的老孩子们都长大了。"这应该是她转变为假日游客之前最后一次觍然厚颜的称呼了。我们曾经在这里居住多年，却从来也没有去参观过自由女神像，也没有在帝国大厦的观景台上停留过。我们在格雷诺耶餐馆晚餐，也光顾了中央公园的动物园。当然，我不会忘记探研人群中的脸孔，甚至在登上怀旧的环岛渡轮，从曼哈顿岛出发沿着哈德逊河向东进入哈莱姆河的时候，我发现自己在反复不断地研究我身边的游客，看是否其中就有斯莱德或者像波洛克一样的人，也不放过任何一个和我擦肩碰足的可疑人士，看他会不会成为我的怀疑对象。但是，即便我以阿格斯之眼[1]般的警觉也一无所获。我们应亚迪科斯一家的邀请，到普罗维登斯去过感恩节。亚迪科斯向我信誓旦旦地保证绝对私密。

晚餐会上，我长期的朋友和伙伴突然让我一阵战栗。当餐桌已经清理干净，咖啡已经倒好，南瓜和苹果派也已经上桌，他忽然提出要我私下交谈。他把我领到山丘上凌乱的维多利亚老屋的私人书斋里。这间老屋毗邻布朗大学，是他和妻子以及两个学龄女儿的居所。宛如夜间的公路上一头雄鹿对着迎面而

---

1. Argus-eyes，阿格斯，古希腊神话中的巨人，长有 100 只眼睛。

来的车头大灯一般，我很明显是遇到了大难题。我以前提供给他的某些伪作已经把钱退回给了他，还会有什么事呢？自从上一次见面之后，他会不会因此平添白发？

"我很不希望在你游览之时增添你的工作，"他说着，从古董级的橡木书桌顶层抽屉里取出一叠文件。"可是我想利用专家的一双慧眼，你的专业眼睛，来审视一下我现在递给你的这些东西。"

"没有问题，"我说道。我避开他的眼睛，偷偷松了一口气。"是什么呢？"

"我不知道你是否记得道尔的一篇故事《硬纸盒子历险记》（ *"The Adventure of Cardboard Box"* ）？"

太记得了。这是我最喜欢的柯南道尔作品之一，这是迄今为止福尔摩斯历险记中最难忍受的黑暗、最严酷的历险故事。从有益于现代道德层面来说，它并非一个不寻常的谋杀秘密。一个无情抛弃的情夫，一个通奸的妻子，一个残暴的酒徒，一个图谋复仇的双重谋杀者，还有肢体的伤残，故事使福尔摩斯的破案方式登峰造极。我并不欣赏以上情节，只是说出我的感受。故事在一个世纪之前出版，也就是1893年，在大海两边同时刊印了该故事，一个是《斯特兰德月刊》，一个是《哈勃周刊》。然而，据我揣测，该故事的作者以他最前瞻性的眼光决定阻止它的刊行，其中包括同年稍后被收入伦敦版的小说集《夏洛克·福尔摩斯回忆录》（ *"The Memoirs of Sherlock*

Holmes"）。他认为虽然这是一个真实的故事，但所描绘的情节无论是从心理学的角度还是生理学的角度来看，都过分渲染暴力。他甚至不遗余力地在他稍后出版的《回忆与历险》（"Memories and Adventures"）里删除所有涉及这些情节的内容。

亚迪科斯继续说道："它似乎从柯南道尔的传记中被压缩或者删除了，但这段草稿现在被发现了。"他拿着这叠文件说道，"在这段草稿中，他点对点地分析为什么这个故事要从《回忆录》中删除。并且，请注意这一点，他给美国的出版商哈勃补充了选择性的想法。你大概了解，这家出版商并没有得到这篇《回忆录》。假如真有这么一篇删节版的故事出现，那真是要把他羞辱得狼狈不堪。道尔研究的学者们从来也不可能界定为什么在这篇故事的处置上他会临阵退却。当然咯，回到多年前，人们对此会有他们自己的一套理论。这，"他递给我一个没有明显标志的普通文件夹，然后接着说道，"改变了所有的一切。"

我十分清楚文件夹里列举的小说类和非小说类的书目。准确地说，它们会吸引我的父亲。如果他得到亚迪科斯刚刚递给我的书目，他会毫不犹豫地倾囊买下，然后才考虑后果。当然，其结果将是具有强烈可能性的微妙狂喜。

我说道："我记得他们曾经不得不撤回第一次的美国版，并且在重新发行时删除了《纸皮盒子历险记》的十一篇故事。

我父亲极为珍惜他收藏的被压缩情节的第一版。"

"去他的珍本。怪不得他要那么做。我得承认，就在我购得令尊的收藏之时，正是首版卷册从书架上流走之日。目前最安全的方式应该是在特藏图书馆里细细品味。"他看到我脸上一瞬间的反应，于是告诫我说，"什么也别问。"

"我能问一句你是哪里得到它的吗？"

亚迪科斯大笑着说道："即使你已经退出了这个行当，我也无可奉告。"

"只是好奇而已。"

"那好吧。你记得那个叫亨利·斯莱德的淘书者吗？过去你曾经向我问起过他。"

我含糊其辞地说道："是啊。"

"我从一个家伙那里淘到的。我好说歹说他才勉强告诉我是从斯莱德那里买到的。"

可想而知，我的第一反应是斯莱德伪造了包含私人记录的册页，揭示了道尔最终对故事关注的内容，包括它的非法性和对贪腐罪以及极致的不道德行为的强烈洞察力。我在亚迪科斯的书桌前坐下来问道："你不介意吧？"我开始对道尔的遣词用句仔细研究。这篇故事一开始就直截了当地描写了对某些读者不宜的情节，大多是夏洛克模式所不能容忍的危险行为。我感到自己陷入了慌乱甚至痛苦之中。这并不完全是因为如果它是真迹，它会引起致力于固守作者论点（即把《纸皮盒子历险记》从《夏洛克·福尔摩斯回忆录》中挤压掉）的专家们动摇对作者写作黄金定律的信心，也会使多年来许多批评家以被迫接受的论点去证明作者在文件里关于不忠诚和谋杀的神秘故事中毫无信心的最简单的事实。不可能。但是最使我困惑不解的是，在这些草稿里，道尔的书写的每一笔的下撇和压点都十分完美，每一次笔尖的上挑和收势都准确无误。总之，这些句子看上去除了作者本人的笔迹之外，没有模仿痕迹。

亚迪科斯说道："快呀，"他已经失去了耐心。"告诉我，你是怎样想的。"

"他们开价多少？"

他告诉我价钱的数目，三万上下。

"你就出价两万，看他们有什么反应。

"可你还没有告诉我你对文件本身的看法呀。是真迹吗？"

"真得够可以了。如果换成我，我会把它抓在手里的。"

"去！会不会是伪作？"

我不能给我的朋友明确客观的答案。于我，这是第一次，但不是很长时间以来的第一次，也不是一段时间的第一次，我犹豫了。我得承认，如果是斯莱德制作的草稿，那他作为造伪者的技艺已经接近炉火纯青，或者说是完全达到了大师级水平。时光荏苒，此类作品已经越来越少了。如果斯莱德没有造伪，那这就是真实原作，亚迪科斯自己就拥有了一座金矿。无论真假，我都由衷佩服。"如果是伪作，那也是我从来没有见过的最完美和最有意思的伪作。再说多一点吧，假如我还在执业，我对这件作品的质量简直妒忌死了。它就像一池春水一样纯真。"

我看见亚迪科斯对我的说法显出可以理解的沮丧。我们已经合伙多年，我不止一次用不实的言辞对他使诈。其实，我已经在心里对这件作品的真实性形成了看法。换句话说，它足够真。

我说道："我认为它是真品无疑。老伙计，祝贺你。这个感恩节你要感谢的太多了。"

他握住我的手，但是，眼睛里有一丝茫然不知所措，或许是关切，又或许是恐惧，我也说不清楚究竟是什么。不管是什么，但愿我没有对这件作品提出预判。我问他："你还记不记得你卖给我的有关《巴斯科威尔猎犬》的那一扎非凡的信函？"

"我怎么会忘记呢？你往死里砍价把它拿走的。在你远走爱尔兰之前，它们一直是你在搜寻的极少数作品之一。"

"记得就好，"我向前一步说。"考虑到我的孩子即将出生，也考虑到你已经获得了惊人的发现，或许是时候我将它出让了。你就以我以前给你的出价收回去如何？"

说真的，我都觉得我自己这种突如其来的想法有点胆大妄为。我在想什么呀？尤其是在两件此类信件同时存在的时候。但是我很快做出了决断，我的造伪技术明显要高出斯莱德许多。如果斯莱德把他的作品推向市场，马上就会被斥之为仿品，有人会说这是模仿（我的）原件的。这是涉及细腻作品的讽刺。

"你说的是真话？"

"我已经不再是收藏家了，保有它还有什么意义呢？还是让别人欣赏去吧。"

"我可以多付一点给你。够公平吧？"

"别呀，我就要回我以前给你的那个价钱。我们可以通过电话安排交割时间，"我说道。"我们回到肯梅尔马上寄给你所要的合同。"

我们成交后回到餐厅。在等候我们的那段时间里，两家的主妇和他家的女儿们一边在享受色拉，一边在谈论两个女儿各自男朋友的家庭陈设。

"高级会谈结束了吧？"梅根说道。"但愿会谈中没有麻烦发生。"

我和亚迪科斯同时说道："没有。"

"好啊，开局很好。"、

赶夜班火车回纽约之前，我们坐下来享受咖啡和可口的家制果派，顺便喝了一点干邑佳酿。

毫不奇怪，在火车沿着夜晚的海岸线下行的时候，亚迪科斯书斋里看到的文件一直萦绕在我的脑海里。梅根在打盹，她的头沉沉地靠在我的肩膀上。我也闭上眼睛在脑子里过电影，留在我的中年岁月的记忆是斯莱德，还是道尔的日记？这是一个意外的发现。如果是一个发现，那就是填补柯南道尔传记有意思的空白。我欣赏那件作品。无论是真是假，真品还是仿品。

尽管那份文件制作精良，难道我没有意识到那份文件是伪作吗？唯一的可能是它的资料出处吗？或许是。我宣称它是真品真的错了吗？是不是因为如此短促时间进行审阅，我看不到它暴露出任何纰漏，因此我无法提出它是伪作的证据？或许不是。如此危险的问题置我于寝食难安的境地。

我不得不用大量的真话来圆谎，用真话克服说谎的剧烈心跳，确认它是真实可信的。成堆的谎话，正如用成堆的纸皮去糊成永远无法站立的一匹马。一个精美的设计应该是构筑在可见和强调真实性基础上的，并且是能够跻身书目和经得起时间考验的。正如我先前的习惯一样，亨利·斯莱德可能会通过合法出版的作品来掩护他的伪作，以缓慢的传递方式先卖给某一个人，再转给另一个人，最后给到主顾手里。这样的做法可能获利少些，却不失为明智的操作程序。我意识到，本来应该问起亚迪科斯关于普罗维登斯的事，只想知道假如他能来纽约一趟，向我提供我们能在一起大概了解该文件素材出处的信息。就在这一天行将结束的时候，我忽然意识到普罗维登斯与文件本身有不可分割的关联。只要给我几个小时，我就能证明这封信的真实性，就能够揭示真相于明处，还它本来面目。历史是主观的，历史又是可选择的。但是，历史最终是可塑的，只比火热的暖房里拿捏的一团泥难上那么一点点。

还有一个问题使我坐立不安，我未能确凿认定我朋友的
文件是否真实。我不得不私下承认，既然没有人能够明白（斯
莱德可能是一个荒谬的例外），怎么说呢，我忽略了一件事，
我落伍了，这是我的报应。我曾经在行内叱咤风云，即便是在
平淡无奇的短暂放逐和被人抛弃的那些最黑暗的日子里，我对
这些也是极为关注的。而今，我旁落了，成为一个迟疑不决的
旁观者，随着时间流逝失去了聪明的记忆机能。这个行当是精
益求精至一丝一发的艺术。没错，我提醒自己，这就是我的选
择，对这门艺术的极致和清醒的选择。高贵的女神倚我的肩膀
而眠，在她的子宫里孕育着让世人为之喜悦的我最有意义的完
美创造，这就是我的指路灯塔。任何背离与她一起前往肯梅尔
的举动无异于自杀。使自己从《巴斯科威尔猎犬》档案脱身出
来只是为了强调我退出和脱离这个行当的决心，放弃不合潮流
感觉的幼稚举动的决心。继续坚持我的最后一部伟大的伪作，
就将有如一个酒徒在空空如也的酒窖里保有最后一瓶唐佩里
侬农香槟一样。更可笑的是，我似乎一直把它和斯莱德联系在
一起，而斯莱德并不一定知道此事。我一直错误地认定在许多
方面，斯莱德的伪作与梅根的兄长有关联，是它促成了亚当·迪
尔的无端身亡。尤其是在行情一片光明的情况下，虽然我知道
亚迪科斯能够把它安全地推销出去，但最好的选择是离开这本
激情杀人狂的书。

火车开进了宾夕法尼亚车站，我轻轻地摇醒了梅根。我

似乎避过了一发必中的子弹，感觉好多了。我记得一句拒绝重返欲望世界的著名警言，即防人、防地和防事。感恩节的这个下午，我经历了所有三轮袭击。感谢上帝，我全避开了。

我不能不陪着梅根去凭吊亚当的墓地。正如我十分期待的那样，我从来没有见过梅根像今天这样充满自信和充满生活情趣。她向我提出另外一个建议，说顺便去再做一次郊游。她说道："我简直不敢相信，这些年从来都没有去拜访过你父母在欧文顿的老家。"

"我自己都很长时间没有回去过了。据我所知，老屋几经转手，换了很多屋主，和我儿时的面貌完全不同了。"

"从另外一个角度去欣赏，"她说道。"再说了，你父母不是就葬在那里吗？在我们回归海外之前去凭吊一番总是好的。"

我不知道自己为什么对此犹豫不决。去拜访我儿时的上纽约老家，去拜谒我父母的墓园，这些都是梅根的孝心所在，也是她对事物的典型思维。

"如果你没有这个想法，我也完全理解——"

"不，不会的。这是最好不过的事了。"

梅根问我："你真的这样想吗？"对此一问，我想象不出我脸上有什么表情。

我只好说道："完全赞成。"

蒙多克被列入第一个日程。梅根和我商量，去拜访一下波洛克探员会不会对我们有帮助？

我说道："有道理。"对此，我已经想了几天了，这是不可避免的事。

"从另一个角度上说，他会告诉我们一些还不知道的事吗？我想，最好是家庭式的聚会，不要提起那些不愉快的记忆。"

我说道："在这一点上，我不知道该再问些什么。"

"你说对了，"梅根很赞成我的话。"如果他需要联系我们，他知道我们现在的地址。我们就去亚当墓地看望一下，顺便再到海滩上走一走，然后打道回城。"在酒店吃过早餐之后，我们租了一辆供周末出行的汽车出发去蒙多克。我该怎样去形容亚当平谈无奇的"活着就是为了看世界"的墓志铭呢？很明显这是人们从不离口的话，但不幸的是，这只是在我们花木凋零，静静地沉沦的时候才会放在心里的一句话。亚当的碑前摆放着一束玫瑰。玫瑰已经枯萎，隐隐可见原本的粉色现在已经变成焦铜色了。梅根把枯花拿开，重新放上了一束新鲜的白玫瑰。

"会是谁来献的花呢？"梅根轻声道，抹了抹无泪的双眼。

"谁都有可能，"我也轻声道。我站在她身边，把手搭在她的背上。"我想是一些好心人。"[1]我们从草地上收集了一些散落的树叶装在我们用来装鲜花的塑料袋里，然后回到车

---

1. 原文为 good Samaritan，慈善的撒玛利亚人，意指对苦难者给予同情帮助的好心人，源自《圣经》。

上。梅根说，她想打电话给墓园的管理人，希望我们不在纽约的时候他们能够定期照看亚当的坟墓。"最好是有人照管一下。我愿意付费。"

看到她把对遥遥无期的谋杀调查的绝望宣泄到对墓地管理的不满，我沉默了（事实上，墓地总体上说是好看和小巧的，相对于大墓园来说，它并无管理不善之处）。我们轻松愉快地在海滩上漫步。但是，我能够察觉到梅根心里正在酝酿着疾风骤雨，有如海平面上的红霞，预示着东北风暴的来临。我几乎没有看到过妻子这么长时间处于低落情绪。这么多年的相处，使我学会了一招，最好在她处于情绪低落的时候听之任之。她自有应付问题的办法，我无法了解，但也不必推波助澜。午饭时分，天上下起了淅沥小雨，梅根已经恢复常态。但是，吃过几块秘制龙虾卷之后，她又提出了一个令人尴尬的问题。

"你认为那个回到岸边的人是谁？"

我把一块龙虾卷放到纸碟上说道："我不知道你在说什么？"

"你没有看到吗？一个和你一样高的人，可能比你高一些。很短的头发，稀疏的一边头发发白。"

"有什么问题吗？"

"我只是感到奇怪，因为你是一个注意观察的人，"她说道。"不，我只想说他好像是在看着我们，或者是看着你。我以为你们是朋友。"

我喝了一口水，眼睛环视着周围，似乎是想看看关注我的朋友是否跟踪到了这里。"如果你要我说出当时的情形，我只能说对不起。当时我没有注意到他，心里全是你。怎么说呢，如果他是我的朋友，他应该会过来打个招呼的。"

她取笑道："可能他认为你是个名人。在东区有很多名人，如演员、财阀等等。"

"在这个世界上我最想成为的就是名人。你可能会错意了，他在注视的应该是我美丽的妻子。那才是最可能有的情景。"

回纽约的路上，我真希望看到斯莱德，假如那个人是斯莱德的话。我很想抛开谨慎行事的心理，主动靠近那个人，向他表露我的心迹。幸运的是，这个机会没有出现。我认为如果向他发起挑衅，只会给自己带来更多的麻烦。可是，他又怎么会知道我们在这里呢？会不会是亚迪科斯无意中提及感恩节那天我看过他有关柯南道尔的素材给了他一个暗示？他能够猜度出我和梅根会来凭吊亚当墓地并非一件难事。我想，只要有耐心和找不到更好的方法的时候，他可能有一个执拗的乐趣把我置于他的监视之下。我想不通他到底要坚持到什么时候。我越来越觉得这个人有点神经错乱。

这个星期天，我们远足的目的地是欧文顿。虽然，我们要经过我曾经想要遭遇斯莱德的多布斯费里出口，我一点顾虑都没有。"好一个一望无际的牧马人草原，"梅根一开口就妙语连珠。我曾经经历过的梦魇而今还像是一层淡淡的薄雾缠绕着我。我能回忆起梦中的全部词语只有亨利·斯莱德。我之所以放弃所有的营生，部分原因是我想到当时在蒙多克海滩上的那个人可能是斯莱德，现在他也可能盯上了我们，并且向我们说出他想说的话。他或许是精神错乱，但他一定会不顾廉耻地提出他的要求。无论如何，假如是他伪造了《纸皮盒子历险记》草稿的话，这个人就欠我一封感谢信。难道不是我断言这份草稿是真品吗？

老屋的状况看上去出乎意料地好。老屋是古典的都铎时期的砖结构。老屋的二层墙面是风行一时的白色灰墙，墙上是传统的木质十字架装饰，窗户依然是我儿时的铅制玻璃窗框。屋前高大的树木红黄金橘，好一派初秋的壮观景色，宛如可爱的英国插画艺术家杰西·金[1]笔下的水墨画。此时的景色比我记忆中的还要壮观。现在的屋主人应该是一位可敬的人，他花了很多精力去维护这间老屋。

梅根问道："我们过去敲门好吗？"

"好啊，去吧。"

"来吧，没有人会介意的。"

我们走上通往大门的蜿蜒小道，按了按门铃，但是没有响应。

---

1. Jessie M King，1875–1949，英国艺术设计家。

"这样最好，"我一边对梅根说，一边回到车前。"有许多鬼怪在里边呢，最好远离它们。"

"你不会相信鬼怪的，"梅根说道。随后，我们驱车往墓园去了。

梅根的说法并不一定对，因为我忽然想立即结束这次访问，赶快处理完所有事情。我家的家族墓园葬着我的双亲和其他我从来没有见过的家族成员（说实在的，我并不太在意这些人）。很有意思的是，我能够凭记忆相当准确地描画出大多数我舒心享受伪作的那些作家的家谱细节，对自己祖先的家谱却从来不去理会。我们没有在那里停留太长时间。剩下的旅程我们是在旅馆的双人晚餐中结束的。

飞回香农的路上，萦绕在我脑海中的是左右回荡的一句话，当你离开纽约之时你未知走向何处。回到肯梅尔后，我又一次在想，是谁写了这句话呢？是占美·博莱斯[1]？我从来没有读过他这句话，但在记忆中父亲很喜欢这句话。这是一种发自内心的幽默，对此我十分佩服。假如自恋抚育了这种幽默，愚人市[2]中的哲学强调了这一点，我所寄托的思维却是另类。我既希望离开纽约，也对去往何处不感兴趣。事实上，我这一生已经经历了太多的归于何处，我已经无路可走，我渴望重归心田，为了把无处可去的宏伟慰藉留在心中。

---

1. James Earl Breslin，1930~，美国作家。
2. Gotham，电影《蜘蛛侠》里的愚人市，暗指纽约。

回到乡村小屋就是回到了家。

当我醒来的时候，我的第一反应是回到乡村小屋就是回到了家。虽然有些时差，但我还是渴望回到自己的生活，回到狭小但舒适的家。即便是我心怀乡愁，一瞥儿时的上纽约老屋以及十分熟悉的纽约街道，也不能代替我所定居的肯梅尔拥有的平静生活。在古色古香的乡间小屋的厨房里来一杯手磨咖啡，穿上便服到文具店去上班；和梅根商量中午该到哪里去吃饭，该为即将到来的冬天订购煤砖还是草秸；笑谈十一月的天气已经转入金秋季节。如此等等。

爱克勒斯兄弟文具与印刷公司的老板布莱恩·爱克勒斯先生知道我精工书法（他对我以前一段时间在此行当危险背景一无所知）。毫无疑问，这也是他早些时候和我签约雇佣我的原因之一。所以，我要做的工作就是手写结婚邀请、婴儿洗礼通告、表彰书函、社交文书以及枯燥无味的需要签名的文件等等。我之所以做这些事，是因为我被要求这么做，也是因为我想让梅根知道，如果这不是恢复我的名誉，至少也是将我的技艺用在了正当的一面。虽然，我所做的无异是要求音乐会上的钢琴手用"筷子"在一架小钢琴上敲打琴键，我还是对此不敢怠慢，一丝不苟，毫无怨言。由于我心中不存恶意，也没有想过将来的行为是否会把我带回过去不为人知的生活，我尽可能不放弃犹如学龄儿童的奇思怪想。比方说，用爱德华大帝的第八只手书写五十周年结婚纪念晚会请帖等等。我想，如果爱德华可以以逊位来接受上帝赐予的爱情召唤，我也可以。

直到有一天，爱克勒斯免除了我有伤自尊的书写项目，并且问我是否愿意试一试操作他曾经用来印制小册子和广告的范德库克打样机，我禁不住心中一喜。他说，他的肩膀开始作疼，而印刷要求操作者反复来回掀动箍紧纸张的字床的沉重滚筒，如果没有助手，他不可能按期交货。

如果说我从事这样的操作是如鱼得水的话，那是一句陈词滥调，一个不能施展的陈词滥调。用轻描淡写的话说那是无可怀疑的事实。我喜欢粘稠的墨油和机油的气味，喜欢操纵杆和滚轴沉重平稳的运动，喜欢印刷机器轻轻地咬纸的重复声音。总之，我喜欢看到一张又一张压印出来的印张码成一叠。印刷的内容与质量相对于动作本身绝对是次要的。这使我想起了在母亲指导下我的第一次书写课程，那是一个我拥有经验的转折点。

爱克勒斯先生对我如此完美的工作表示感谢。他说道："你学得太快了。"我感谢他给我提供了操作机器的机会，并且告诉他如果将来任何时候还需要我，我将随时恭候指示。他回应道："我会带好你的。"

回到家，我向梅根宣布："我要宣布一个消息。"

梅根说道："告诉我？"

"今天爱克勒斯第一次让我操作范德库克打样机。"

她惊讶地说："学徒期结束了？我们家出了古腾堡[1]啦。"听得出来，她的话里没有一丝讥讽的味道。

"喂，少来啦。我不相信古腾堡印制过四开张的结婚请帖。"

"四开张？先生，看你说的。听起来你就像是一个经验丰富的老印刷工了。"

"他威胁说要我多干一些，甚至还说假如我有兴趣的话，他要教我排字、箍字以及清洁机器，总之是全部操作技术。"

"似乎都是你喜欢的哟。"

"说真的，这有点是儿时梦想成真的感觉。我担心我俩都十分清楚，手写字是我的最先的喜好——"

"更像是你的坏情人。"

我无言以对，只好点点头接着说："我父亲曾经教过我一点排印和字样知识。他藏有几套《印刷术》丛书。这是一种季刊，详细描述了文字表达艺术和文字类型，另一本是三十年代出版的《版本记录》，主要描述如何套插彩色插画，美术设计以及文字处理等等。别的孩子都会有几本苏斯博士[2]的书，《大象巴巴的故事》[3]和其他类型的儿童读物，而我就只有四套四十八册的《版本记录》的精装本。"

---

1. John Gutenburg, 1404-1468, 德国发明家，西方活字印刷术的发明人。
2. Dr. Seuss, 1904-1991, 美国在 20 世纪最卓越的儿童文学家和教育家。
3. Babar, 法国作家 Jean de Brunhof, 1899-1931, 创作的儿童读本。

"少来了，你读过《戴帽子的猫》[1]和类似的书呀。"

"那是我妈给我读的。我父亲和我要关注的插图课本海了去了，"我说着，和梅根一起大笑了起来。"重点在于我喜欢各种字体，如波多尼[2]、卡斯龙[3]和吉尔·桑斯[4]。我们十分了解把一只猫命名为本博[5]。老爱克勒斯也有成叠成叠这类字形的书。在他那里我就好像是一个进了糖果店的小孩一样着迷。"

"你真有个性，真正的书呆子。"

"那也没错呀，对不对？"

"如果不是，我也不会这样爱你，"她说着就摆脱了我的纠缠。她接着补充道，"你可别去印十九世纪坡[6]或者济慈[7]创作的珍本肖像画哟。"

"这个玩笑可开不得，"听到她的评论，我用大声咆哮的语气迅速回击。我为什么要自欺欺人呢？当我的眼睛第一次盯在爱克勒斯的打样机时，这种想法不就已经在我心中闪现了吗？或者最低限度上说，打印可收集到的作家如福斯特[8]、埃

---

1. "Cat in the Hat"，苏斯博士创作的儿童丛书。
2. Giambattisa Bodoni，1740-1813，意大利出版印刷之王，雕刻师，字体设计师。
3. Caslon，1892-1766，英国人，发明铝制铅字。
4. Gill Sans，英国字体设计家。
5. Bembo，1929年由意大利人斯坦利·莫里森设计的字体。
6. Edgar Allan Poe，1809-1849，美国诗人，短篇小说家，成名作有《德罗美勒特公爵》等。
7. John Keats，1795-1821，英国诗人。
8. E.M. Forster，1879-1970，英国作家。

德加·莱斯·巴勒斯[1]的藏书票复本，把它粘接到别人书籍的
扉页上，让人们去猜度出处，使之成为更有价值的相关复本。
然而，正因为我对某一仿品有专攻，所以，这并不意味着我会
不管不顾地另辟蹊径。伟大的画家没有必要一定是伟大的雕塑
家，苹果不是橘子，如此类推。我尽量放缓语气，对梅根说道：
"在什么山唱什么歌。让我说得更直接一些，没有金刚钻就不
要揽瓷器活。"

"也就是做你能够最终做好的事，对吗？"

我警告梅根说："梅根，放下这个话题好吗？"说完我立
即感到羞愧了。我为什么会变得如此容易发怒呢？诚然，我是
出于自我防卫，而她想的其实也很简单，只是作为一个举止得
体、爱护丈夫的妻子，她要表达的是出自对丈夫的关心，而不
会考虑所说的话是否在理。如果没有她，很难想象我会过上一
个什么样的生活。为了她，也为了我们的孩子，我必须努力走
正道，不仅仅是一个爱她的人，而必须是心怀坦荡、正直的人。
我明白，说来容易，要达到这个境界却也十分困难。我从坐的
地方站起来走向梅根，一边亲吻，一边用比悄语大一点的声音
对她说道："对不起，梅，我不应该大声对你说话。上帝作证，
你不应该被呵斥。"

从大地上看，从月亮上看，她湛蓝的眼睛有如海洋的颜色。

---

1. Edgar Rice Burroughs，1875–1950，美国作家。

我知道，她已经接受了我的道歉，这更令我感到内疚。我十分明白，我并不值得妻子对我倾其所爱。我又当如何处之？我唯一要做的是把歉意搁置一边，把歉意淹没在她眼睛的海洋里，朝前看。

感恩节来了又去，梅根的生日很快到了。我一直保持着由我和亚当开始的那个传统，送她一本叶芝的书。每一个生日我都会给她增加一本书，因此，她现在已经有了一个拥有半打品味极高的小收藏。今年是她成年后第一次在爱尔兰过生日，所以，我得送给她一件特殊的礼物，不会是我为了添彩模仿莫得·冈妮[1]或者格里高利夫人[2]的签名藏书。金钱不可能取代不可逃避的罪孽，我觉得不应该朝伤害人的方向去做事。我很清楚梅根最喜欢的叶芝诗歌收在他1928年出版的《塔堡》("The Tower") 诗集。因此，我和亚迪科斯联系，请他帮我搜寻一本首版的诗集。这可是一本价值不菲的书，但我的朋友相信我的信用，我也不会太关心这本书的价格。果不其然，亚迪科斯恪守诺言，找到了一本品相极佳且有封套的书，并且在梅根生日前一个星期通过空邮寄给了我。

亚迪科斯告诉我封套是斯特奇·穆尔[3]漂亮的雕版印刷的，是他见到过最精美的。我按捺不住心中的激动，每天早晨上班

---

1. Maud Gonne，1866–1953，爱尔兰演员，革命志士。
2. Lady Gregory，1852–1932，爱尔兰剧作家。
3. Thomas Sturge Moore，1870–1944，英国诗人，雕刻家。

前都会到离文具店不远的邮局去打听这本书什么时候寄到。今
年梅根的生日恰逢星期六，如果天气好的话，我们计划到金赛
尔去，在我们惯常就餐的那家饭馆吃一个庆祝午餐。星期四那
天，亚迪科斯的包裹到了，同时寄来的还有梅根的另一个包裹。
令人不解的是，梅根的包裹无论从形状还是分量，都和我那个
装有叶芝诗集的包裹一般无异。那天晚上，我把包裹带回家。
我不想让梅根看到，不仅仅是我的，连同另外一个我也向梅根
保密。我知道，遮盖邮寄地址是不恰当的，不管是对爱人还是
陌生人都不应该，但我需要时间好好想一想。

　　我总觉得有什么地方不对，但无处寻觅证据，我只是闻
到了出事的味道。邮件地址是打印上去的，用的不是电动打字
机，而是老式的皇家牌手动打字机，或是用其他下沉式金属连
接字粒印上去的。现如今，谁还会用手动打字机呢？并且，邮
寄包裹的人在打梅根的姓名的时候和她婚后的姓连同婚前用
名一并打印。这种怪异的小细节无论如何都会使我觉得什么地
方出现了纰漏，可能是邮寄者因为某种原因发出嘲讽，提醒梅
根别忘了她还是姓迪尔的。没有回邮地址，邮戳表明发件地址
是纽约。有什么目的呢？。

　　在梅根回到家里那一刻，我终于认定这个包裹一定是她老
说的"我的孩子们"寄出的。但是，我仍然不想把它从我藏匿
的地方拿出来。我想，明天再给她吧。不，最好是在她生日当
天给她。我应当找到足够的理由来解释推迟给她包裹的原因，

去估计在包裹里可能潜在的麻烦因素。当天晚上，我有一两个钟头处于失眠状态，甚至曾经想过把包裹扔掉了事。在这件事情上谁会是个智者？如果书屋伙计打电话给梅根，问她是否喜欢他们寄给她的礼物，那么很明显就是邮件寄丢了。很糟糕，但这种事情经常会发生，谁又会另有他想呢？如果是保价邮件呢？包裹的地址写对了吗？是什么地址呢？不，别想了，太丢人了。梅根呀，愿上帝保佑她，但愿她会毫不怀疑地相信我的说法。

总之，我不能销毁，也不能偷看裹在牛皮纸包裹里折磨人的秘密。我把我的包裹旧式包装剥掉，把《塔堡》用丝带和彩色礼物纸重新包装（这是老板专门为重要活动准备的彩纸，上面印着热气球和美妙的看上去很古怪的重重盔甲的三圣骑士的图像）。这本书本身就是一件震撼人心的礼物，是一本我父亲所喜爱的书。如果在过去，我会至少添上一个题签去增加它的质感。我意识到我欠亚迪科斯的不仅仅是钱还有他的人情。那一天，我带上我的礼物以及那个神秘的包裹去了金赛尔。

我们订了一个丰盛的午宴。我们驱车前往的时候，天上一片厚厚的云层，没过多久就变成了暴风雨。这是我们听说过的犹如娃娃脸的爱尔兰天气，但不像我们在海边经历过的那样，轰鸣的潮水把所有的东西都冲向远方。

我说道："看到了吗？我们没有淋湿，也安全到达了，没有被冲到海里。再说了，今天是你的生日，我有一些东西要给你，但愿你不会被留在雨中。"

该用什么词汇来形容梅根呢？喜出望外，不厌其烦地说这书的事。她湛蓝的眼睛里涌出了泪水。

"我爱你，"她说道。"从心里感激你。"

回想在我们不甚完美的生活中，或者说是尘世间一些人所有过的不甚完美的生活，我们现在所拥有的几近完美的时光，我不应该借机做其他事，但我还是做了。

"还有另外一件礼物，是从纽约寄来的。我想是你的那些孩子们寄来的。"

她接过包裹，用餐刀把绑带割开，然后打开。

梅根欢呼道："天哪，太好了。"

这本书无疑是一本好书，用封套套住的叶芝首版的《悬梯》（"The Winding Stair"）。

"为了买这本书他们真是倾其所有啊，"我一边说，一边暗暗松了一口气。与此同时，我也感到很吃惊，他们选的这本书外观上和《塔堡》十分匹配。

当梅根打开书，翻到书名页的时候，一切如常，但我总觉得与期望有所不同，梅根流下的眼泪也有所不同。这种情景使我陷入狂怒，但我还是把这种神情匿藏在迷惑不解和关切中，尽量控制情绪。

《旋梯》的题签出自诗人之手，完美的墨迹，手写的位置完全是叶芝亲手题字的地方，字体以及签名毫无瑕疵，完美无缺得连一点瑕疵也无。上面写道："送给梅根，为了你的生日以及你为了纪念即将到来的一切——

　　啊，让身体随音乐摇摆，啊，明亮的一瞥
　　我们如何才能理解从舞蹈到舞蹈？
　　谨致以我的慈爱

　　　　　　　　　　　　　　　　　　W.B. 叶芝"

一阵刺耳的刮划声把我从浅睡中惊醒。

几杯爱尔兰威士忌下肚，我就已经觉得头昏眼花，所以和梅根从金赛尔回到家后，就倒头睡了。持续不断的滋滋声是现实中的声音还是噩梦的回响？又或许是早已忘却的挖坟和从棺材里爬出的噩梦重演？梅根一直在熟睡，她天生就是一个嗜睡之人，无论有多大烦恼，只要一沾枕头，她就能够安然入睡，而且呼吸轻缓。滋滋声似乎是从屋后传过来的，持续不断，虽则微弱却毫无掩饰之意。会是什么人如此不顾及旁人感受呢？无耻至极。我似乎还听到窗棂上方细雨滴答的响声。

我和妻子如此美妙的一天到头来却换来疲倦、警醒和恶心，狂怒却不知所措。此刻，我认定是亨利·斯莱德故伎重演。我悄然无声地爬下温暖的睡床，小心不去惊醒梅根。我一边往楼梯下走一边支起耳朵，虽然楼梯铺设了地毯，难免还会有一些木板发出吱吱的声响。我摸索着穿过黑暗无光的房间来到厨房，没有借助任何光线，尽量做到悄无声息，防止斯莱德看到我的踪影。我从洗涮盆附近砧板旁边的刀架上抽出一把剁肉刀。此刻我在想，为什么不在这里放一杆枪呢？房东曾经建议我和他的成年儿子（一个专业的野外狩猎者）建立关系，向他学习鲑鱼垂钓技术，还建议我去学习飞碟射击技术，甚至还要我用他的短枪去猎取水禽。我不反对垂钓和狩猎，但我对他持枪的建议不感兴趣。我赤脚站在黑暗中，手中握着砍肉钝刀。可惜，我没有用我最近买的磨刀石把它磨快。我很像是一个手持钝刀无所作为的理发匠。屋子里的温度不高，我的手掌却汗水涟涟。此刻，刮划声略为停顿。是不是入侵者听到屋里的响动而退隐夜幕呢？这正是我想要的结果。可是没过多久，刮划声又重新响起，我只好摸黑走到后门。一想到这是斯莱德走路的声响，虽然在安全范围之外，我还是鬼影一般溜到安全灯具的总开关面前合上开关。银色的灯光立即泻在屋外的田野上。出乎我的意料，我没有看到伪造者，没有看到天谴的魔影，我看到的只是一条健壮肮脏的杂毛狗在欢快地刨坑。这是电气工人为了铺设安全电缆新挖的壕沟。简直把我气疯了。我迎着细雨冲到屋外，对着野狗咆哮。我一边对白痴野狗咆哮，一边放下剁肉刀拍响双掌。野狗抬起头望着我直奔向它，却毫不顾忌地转身溜进树林子。

就在我来到野狗刨坑的地方那一会儿，我听到梅根在楼上卧室打开窗户的声音。

"到底发生什么事了？"梅根的声音里充满警惕、不耐烦和关切，当然，也充满睡意。此刻应该是凌晨三点左右，正是黑夜与白天交替时分，露水打湿的草地冻得我双脚发疼。

"这里有一阵怪声。"

我对着看不见亮光的屋子大声回话，但看不到梅根的身影。我觉得我的话太荒谬了。我就像是一个失去理智朝林子走去的人，向别人解释他为什么一定要斜戴拿破仑帽又把手叉在镶边短上衣上。

梅根说了些什么，我没有听见。这时，我还在继续朝野狗刨坑的那片林子走去。借助手电筒的光线，我可以看到野狗在挖什么。但是即便有安全灯的照射，那个坑还是在阴影之下，我不想继续朝前走去。真是浪费时间，本来可以等到天亮再来的。我掉头回屋。我从头到脚湿漉漉的，睡袍粘在身上，双脚沾满泥污，简直就是一个泥人，令人恶心的野人。

当我穿过后门回到屋子的时候，梅根已经拿着一条毛巾下楼来了。

"什么事呀？冻坏了吧。"

"你一定会笑我的，"我一边剥去湿漉漉的睡袍，一边抹干身体。

梅根把我的浴袍递给我，然后点燃水锅下的燃气炉煮茶。"瞧你的，我现在还没有笑的心情。"

"对，那可能是我为什么到外边去到处找的部分理由。不管你信不信，我和那本叶芝伪造毫无关系，正如我反复和你说过的一样，那是一种残忍的毫无意义的恶作剧。我和你一样也为这个产生了幻觉。因此，当我醒来的那一阵子，我听到院子里有奇怪的杂沓声，我的第一个反应是，那个恶作剧的幕后人物可能回来制造更多的恶作剧。"

梅根从食品柜里拿出菊花茶和蜂蜜，一边在想我的话。"那你为什么不唤醒我呢？"

"还说呢，你睡得那么沉。而且，经过那样一个多事的夜晚，我不知道，也不敢说，我自己对这件事是不是想明白了。"

"那会是什么事呢？什么事值得让你浑身湿透？但愿你不会因此患上肺炎。"

"有一只野狗在刨坑找东西。"

"又是一只巴斯克威尔猎犬的故事？"

"是啊，"我傻笑着说，禁不住和她一起大笑起来。"一只有着燃烧火焰一样眼睛的大怪物。"

我们一起喝茶，犹如恢复了和睦友好关系一般一同回到楼上卧室接着睡觉。早上起来，我打了个电话告诉老板，说我感到有点不舒服，能不能午饭后再去上班。

"昨晚睡得太晚了，"我解释说，提出这个要求真是不好意思。我主动提出星期天过来加班。星期天店面关门，但是我可以帮助印刷，这样就可以不用推迟交货日期。作为一个爱尔兰好人，爱克勒斯毫无疑问会原谅一个经常加班的好员工。我的忧虑既非加班也不是肺炎。如果说是忧虑的话，其实是担心那个残忍的畜生，担心亨利·斯莱德想方设法找到我们，对我们发起关于亚当·迪尔谋杀案和我贩卖《巴斯克威尔猎犬》档案的新一轮质问。他决定要报复了。

爱克勒斯问我："您妻子喜欢那种彩色包装纸吗？"

我说道："她很喜欢。她想把它留着用来包装第一个孩子出生的礼物呢。"

"那就好，那就好。别太担心，我会记得那一天，我还会给您一些的。感觉好一些了吗？"

我真的不想错过操作打样机的机会，可我也真的需要时间去想一想下一步我当如何作为。除此之外，我还想出去看看那只野狗在找什么，顺便去林子里巡视一番。梅根要出去购物，我忍不住说了一句："小心点，听到没？"

"什么呀，你怕狗咬我？"她讥笑道，似乎该提醒的人是我。真是个宝贝妻子，哪壶不开提哪壶。"好啦，"她接着说道。"真对不起，我不该笑话你，好像昨晚是我做的一样。我只是感到震惊，尤其是收到你漂亮的礼物之后。"

"梅——"我赶紧打断她的话。我不希望继续这个不知要惹出什么麻烦的话题。

"不，你听着，我永远也不会因为那本书怪你。我知道你和那本书没有直接的关系——"

"直接关系？那是什么话？听着，正如我昨天反复说过的，我和那本书毫无关系，句号。只是做那种事情的人了解我过去所熟知的结构，暂且这么说吧。这并不意味着这个糟透了的替代品和我或者我的过去有任何关系。"我想说的是，昨晚我可能没有表达清楚，因为我看到那个题签害怕了，这也给我们提了个醒，这件事可能与亚当有关系。"

梅根双手合十，似乎是在祈祷，然后慢慢把手靠在腮帮子上，如一尊汉白玉雕像静静地站在门前。她身上穿着厚厚阿塞拜疆毛衣，手指上挂着细如渔网网格的购物网兜，正准备到镇上去。她又开始哽咽了。"这真是……是什么人这么残酷呢？"
她的话断断续续。

我无语了，并非因为她的问题不合理，而是我有口难辨，
对她的问题无从做出合理解释。我无能为力。我心中愤世嫉俗
地说了一句，去问上帝吧，是他挑起这一切的。我心中又说了，
噤声。

阴沉的夜云和淅沥细雨换成了点点云彩的蓝天。早晨的
天空，阳光灿烂。门外，草地笼罩在淡淡的雾中，在雨水洗刷
之后闪闪发亮，田野上残存的水珠开始蒸发而去。不远处，一
对喜鹊扑翅越过晨雾中的草坪向远处飞去；一只羽毛光亮的红
嘴山鸦在一棵紫杉树上做着难以想象的翻腾动作。我喝完一杯
咖啡，想起我已经延误了户外调查的时间，于是穿上长筒雨靴，
打开了后门。门外，一片卷曲的带状白雾在太阳的热压下蒸发
了，空气比早上更加清澈。我的出现惊扰了那一对喜鹊，它们
喳喳地对我提出抗议，展翅飞向远端的树林。

我开始穿过草地巡视。几个小时前，我曾经犹如恐怖烂
片中的傻子那样去冒险。我想到过斯莱德，惊叹他倔强的性格
和纯粹的疯狂。假如他发现《巴斯克维尔猎犬》信件的真相，
他可能会愤怒不已。当他把这些文件卖给图书馆的时候，他应
该是已经把亚迪科斯那个令人振奋的报告在学术圈子里广为
传播。假如我们来个角色转换，我想，我欣赏的是他的勇气，
而不是他的技艺，因为我会剥去他哗众取宠的外衣。不过，无

论合法与否，他已经得到了他该得的成叠成叠的钞票。他还想在我身上得到什么？

　　除此之外，我最关心的是他为什么要触及梅根？在我们仨之间，梅根是无辜的。然而，有一件事使我不能忘怀，那就是我从极不喜欢最终发展到厌恶亚当·迪尔。我对自己与这个人撇开关系这一点上一直固执己见。造伪者都是些超级排他之辈，原因是他们无视法律。归根结底，他们都是那些危险的排他主义分子。正因为如此，斯莱德进入了我较为赏识的视线。斯莱德远比绝大多数造伪者优秀，他对应得的权益有更深的理解力，他是那种能使人感觉到非常轻易就能进入另一个圈子并且成为圈内人的人。在某种程度上，那个人的模仿行为使之变成为一个变色龙。

　　我边走边傻笑。我想，就听你的吧。我，肯梅尔的哲学家，穿着雨靴，假扮教皇说话的家伙。不过，对于一个有良好教育背景，老练、文明地从事这一行当的人，造伪的同时也造成了粗野不文明的诱惑。斯莱德似乎体现了所有那些雏形，对此，我却要不情愿地欣赏那个人。

　　虽然大部分地面的雾气已经蒸发，我还是要在周边巡视一番，去看看野狗刨过的坑，我只是想确认一下。稍后发现的事情可能会成为我今后生活的一个转折点，一个我不久之后希望能够避开的突如其来的陷阱。

　　那个坑洞并不深，只有半英尺左右。不深的原因是这个坑本来就不是为防狗而设，不是为了防止我看到的那只狗，或者其他任何一只狗把藏在坑里的血手套挖出来。我在喘气，或者我以为我在喘气。我在检查附近是否有人在盯着我，斜着眼睛凝视着我。我也在观察林子里是否有人，或者这些人在我回到屋子之后还在观察我。我确定周边没有人，就蹲了下来。真有一对用天然小牛皮制作的手套浸在血里，已经有点干了。这对手套代表了一双肢解的手。是人血吗？不是的，这是乡下人吃血布丁[1]或者类似食品时留下的。屠宰场的动物血轻易就可以搞到。恶心至极。那些在这里留下手套的人费尽心思用泥混合草根敷在假造的手指和手腕上，其实是想表现得逼真一些。在我从屋里出来把狗轰走之前，那只狗本来是想咬掉一根拇指的。这里的一切都使我困惑不已，至少在一段时间里，我来不及去体会这里究竟发生了什么事，是不是有人用一颗大头钉插在手套里的假手腕上，企图把手腕固定住？我意图发现这种拙劣的仿造。是不是斯莱德（应该是斯莱德）想通过买一只杂种狗来实验他发现的动画场景？我往周围看了一眼，发现有一块很大的骨头落在树林边上的草地里，骨头上大部分肉已经被啃掉了。野狗跑开的那一刻，放在那里的骨头是不是作为血手套的诱饵留下来的呢？

　　我不再去理会血手套，继续深入灌木丛。灌木丛湿气仍

---

1. Black pudding，血肠的英式叫法，主要成分是猪血。

然很重，似乎是浓荫挡住了太阳，使得湿气不能蒸发。我并不希望能够找到更多的东西。说真的，一想到已经发现的东西，我感到十分烦躁，我没有了继续寻找的欲望，没有。所有人类以及动物的脚印都已经被雨水冲刷干净。即使用我领略的侦探方法（夏洛克·福尔摩斯可能会用来侦破罪案的方法）也不能解释为什么这里会有断枝碎叶。腐锈林地生相学从来就不是我的所长，因此，我放弃了我的经营惨淡、有心无力的搜索，很不情愿地把心思放回手套上。

即使用了大量的黑体字书写，进一步辱骂、侮慢和毫无理性、振振有词的谴责，如你谋杀了亚当·迪尔，你肢解了亚当·迪尔，导致他的死亡之类的话没有再在这里出现。让我代人受过的做法你满意了吧？

我多么希望能与亨利·斯莱德平静地坐下来交流一两分钟啊。我要让他知道他所补充的某些细节是错的。诚然，我极为欣赏他伪造的《巴斯克威尔猎犬》信件草稿是一个大制作，但是，我与蒙多克警方对他的兴趣毫不相同。是他本人与迪尔的交易使得警方去把他挖出来。但是，如此柏拉图式的对话，惺惺相惜二人之间的交流机会已经错过了，注定是不可能发生的，也无从发生。

那天早上我无事可想。

此刻，我无可选择，唯有在梅根归家之前把乱七八糟的东西藏匿起来。我从洗衣间里拿出几个塑料袋，戴上自己的手套（以免被动接触任何东西）回到那个坑去捡那根长指。我把小牛皮手套从填充的树枝中拉出来，把它们放到一个塑料袋里绑紧，然后再套了一个又一个塑料袋。我把松土踢进空穴里，然后小心地用雨靴踩平。梅根回来之后，我会简单地告诉她我出去的目的只是去看看，告诉她我发现一根被狗咬过的骨头，这也许是野狗孜孜不倦寻找的目标。我把塑料袋放到粗麻袋里，把它藏在地窖里。至于那根长指，我在楼梯下的污水池清洗干净血污，使它看上去像是新的。一根极为无辜的树枝在克里乡村的地窖的灯光下闪闪发亮。我把它擦干并且把它放在工具架里装着许多钉子的箱子下面。

我洗了个澡。趁梅根还没有回到家，我决定去做午餐，再把我们从金赛尔打包的剩菜回炉。我们在金赛尔结婚纪念日午餐上分享了爱情的喜悦。然而，尔后出现的叶芝伪作使我们败兴。回家之后，我把那本伪作扯去丑陋的书页放进了平常不用的房间以及同样不用的抽屉里。我在餐桌上摆上最华丽的盘子和银餐具，从炉子上舀出一盆汤，开了一听烟熏鱼，烤了一些薄片面包，煮了几只鸡蛋，并且做了一盆即食黄瓜色拉。出于自我意识（或许没有必要），我把梅根的《塔堡》放在她的餐盘上，目的是提醒她我出于真情送她的礼物是真品。我计划对她说出我让亚迪科斯寻觅的书不加签名和题签的原因完全是希望她知道这是一本不折不扣、毫无问题的真品。

当梅根回到家之后，我帮她把蔬菜和其他杂货拿下来。

她对我简单又别出心裁的午餐感到由衷的高兴。我的确嗅到了她举止和语言中出现对我轻微的疏远。这种如此细微的疏远感觉除我之外是他人无法体会到的。我对自己说她还心存愠怒，为什么不呢？

"经过昨晚的折腾，你弄明白了你的巴斯克威尔猎犬了吧？"她问道，然后把盘子里的书放到一边，坐下来吃饭了。

"对。"

"还有夏洛克？"

"野狗想要一根骨头，"我告诉她我的发现，部分她需要了解的情节。"我把骨头留在原来的地方了。"

"别呀。它会回来找那根骨头的。这样，我们又要半夜起来啦。"

我赞同梅根的说法。我把骨头留在原处的唯一理由是梅根可能突然提出亲自去体验已经解决的秘密。午餐后，我带着另外一个塑料袋出去收拾那根牛股骨（我猜想应该是牛股骨），把它带回来扔到垃圾桶里。天西边已经积聚了紫红色的云彩，它预示着今天又要迎来这个季节典型的雨夜。回家的路上，我看到梅根在楼上的窗前注视着我。我虽然不能看清梅根脸上的表情，但当她向我挥手的时候，手势有点僵硬。僵硬的动作不是我每天习惯看到的妻子的信心与爱的表示。我也向她挥挥手。我的挥手有点做作。我想尽量表现出我的热情，但是我发现她没有反应。

　　我知道，这一切都是暂时的。尽管如此，我还是失望不已。不知为什么，我回屋的脚步慢了许多，眼皮也耷拉了下来。我忽然发现昨天晚上在追野狗的时候落在草地上的剁肉刀不见了。我回过头往卧室的窗户上看，梅根已经不在窗前了。我四处找剁肉刀，就是不见踪影。为了不让梅根问我在找什么，我放弃了寻觅回屋了。我把骨头扔进垃圾桶，然后迅速地回到厨房，抱着一线希望悄悄地四处张望，希望梅根已经把它带了进来。可是没有。剁肉刀不见了。我希望它再也不要出现。

梅根认为，我们应该把那本书交给警方。

很自然，我也觉得把书交给警方应该是它的最后归宿。

"理由是什么呢？"我问道。"总不能说是实施阴谋的人犯了破坏你生日气氛和损坏了原本是一本叶芝好书的罪吧？"

"那个题签是伪造的，"她争辩说。"假如有人知道了这件事，那只能是你违反了法律。"

我没有理会她的怒吼，只是说道："对，可是在这个案例中，伪造者并没有想把书卖给你。他把书送给你恐怕不违法吧。"

"难道你不认为那题签是一种威胁吗？"她依旧坚持她的说法。她或许也和我一样明白，我们没有一个具体的理由去说服当地警方，毕竟这是一个私人问题。

"请不要迁怒于我。我和你都不喜欢用这样的口气说事，对吧？我们都感觉到有什么地方不对。客观分析就可能完美、和平地解决问题。'倾尽情感'？'追忆往事'？这是叶芝最著名的诗篇里最有名的两行相连押韵的诗吧？就让这件事到此为止吧。我赞成不要让这种关注引到我们自己身上。"

梅根皱了皱眉头，但只是略感失望，很明显她发现自己居然同意了我的观点。过了一会儿，她说了一些我没有想到的问题。"顺便说一句，你有没有注意到他引用的诗不是来自《旋梯》而是来自《塔堡》？那是什么样的几率？"

她是对的。她的话就像触电一般刺痛了我的神经。我得打几个电话。首先，我得问问亚迪科斯是否将我购买《塔堡》

的事向亨利·斯莱德提起过？无论提过还是没有提起过，今后都不要再向此人提及。考虑到此人是我的敌人，我计划向普罗维登斯的这位朋友说几句话，不多，就几句话。其次，我想和在都柏林有交情的一位专门从事爱尔兰作家作品（叶芝的作品是他的首选）买卖的书商询问一下。他，又或者其他书商最近是否卖出过一本《旋梯》。我不想当着梅根的面给亚迪科斯打电话，因为我不想进一步刺激她。说透一点，就是尽量避免让她知道我与亨利·斯莱德之间不愉快的关系，能瞒多久就瞒多久，最好是永远隐瞒下去。假如斯莱德愿意，他有撕裂我脆弱神经的能力，这是显而易见的。我需要时间来考虑如何采取预防措施。同时我也自责自己的狂妄自大，我为什么要在感恩节出手我有关《巴斯科威尔猎犬》的文件呢？那是一场机会不成熟的危险豪赌。在那场豪赌中，我既放任斯莱德，也放纵自己。

"我无从回答，"我说道。"但我同意那是不可思议的。如果你需要，我可以告诉你我是在哪里给你买礼物的。你会发现他是我的一位朋友，他绝不会与寄出《旋梯》的人合伙行骗。不管怎么说，我认为这回答不了你的问题，也回答不了其他有关的所有问题。"

梅根似乎醒悟过来，我没有愚弄她，我诚意送给她那本精妙的书没有来路不明的手写，在扉页上甚至连生日愉快的铅笔字都没有。我看到她脸上再次露出了笑容，这是我喜欢的笑容。我于是说道："对不起，这次交易我很不满意，因为给你带来不快。"她走过来拥抱我。"我不需要知道你是从哪里给我买到这本可爱的《旋梯》,我们也不用去理会另一本书。也许是书屋的孩子们是那本书的幕后操手,谁知道呢?也许整件事就是一块无伤大雅的天使蛋糕。他们也许是雇了一个枪手出神入化地模仿叶芝的笔迹,他们写的词句有点笨拙,但不会伤害任何人。"

我把梅根拉近了一些,我可以触摸到她微微凸起的肚子。我尽可能温柔地对她说道:"除非我们还能找到其他理由,要不我们就这么看待这件事吧。"我知道,即使我这样说,她的猜疑还是有一定分量的,甚至存在一定的可能性。但事实是,如果不是因为伪造的题签毁了它,使它变成一个怪胎,《旋梯》是一本至少值两千美元的书。可以肯定的是,梅根过去的伙计们没有这种支付能力。在任何情况下,他们都必须倾尽全部财力才能使书屋运转起来。不,寄书的人旨在做一个十分明显、十分严肃的声明。我明白,这个声明更多的是针对我而不是我那无辜的妻子。我还知道,但是我无法告诉她,只有技艺最高的工匠才能制作出那样的题签。没有人能够雇用一个街头卖字人来造出他们希望的完美效果。我很妒忌斯莱德,对他真是爱恨交加。

第二天梅根上班之后,我打电话给普罗维登斯朋友的机会来了。我把午餐时间提前了半个小时,对老板说我把钱包落在家里了。我开车回到家给亚迪科斯打电话。当然,假如梅根想查的话，她尽可以去检查电话账单，但是我所需要的隐私是不想让梅根听到我和亚迪科斯通话的内容。运气在我一边，电话铃只响了几次他就拿起了话筒。

"《塔堡》怎样？"他迫不及待地问道。对于像亚迪科斯这么精明的书商来说，书总是第一位的，其他客套、甜蜜的问候如过得怎样呀，身体如何呀，所有投缘的废话统统都是其次的。

"她很喜欢，我也很喜欢。这是我看到的最好的一本。"

"你不只是指自然褪色的防尘套，对吧？"

"还有呢，封面下端的烫金印字也做到了极致。封面就应该如此。"

"我告诉过你，这是最珍贵的一本书。"

"哈，我一直都说你是一个魔术师。亚迪科斯，谢谢你帮我找到这本书。我还想说，我该付的钱从你该我的款中扣除。"

"已经结算完了。"

"好，好。"我知道时间不多，我赶紧说道，"我想问你一个微妙的问题，希望你不要介意只让你自己知道。别担心——"我对他说，"与造伪无关，也与任何相关的事无关。"

"说吧，"他用纽约人特有的爽快语气说。

"我们曾经说起过亨利·斯莱德，你也在感恩节说过曾经和他做过交易。"

"对。"

"我想知道他有没有对你提起过我？"

我可以这么说，亚迪科斯·穆尔与我是多年的老朋友，但是即使在千里之外，有些事他还是不情愿讨论的。他的停顿有点长。随后，他极力以带掩饰的口气说道："你为什么这样问呢？"

"呃，说老实话，"我很快编出一个半真半假的话说，"亨利多年前来南方的时候，曾经和我做过一笔交易。有人在和我谈话时提醒我，他一直在说我的坏话。我想知道他是不是对你说了些什么话。"

"噢，"我听得出亚迪科斯松了一口气。"没有的事。他只是听到我又获得了《巴斯科威尔猎犬》的信函。他就像到麦加朝圣一样专程跑来亲眼看看。我告诉他我计划和他从另外一个渠道得到的素材打包出售。他只是把该档案和你一起大大地赞扬了一番，除此再没有提到什么，至少是没有说你的坏话。"

"我猜想你一定告诉过亨利，有关《巴斯科威尔猎犬》的文件是从我这里买的吧？"

"我没有必要说这些，他似乎已经了解到了，我想应该是你告诉过他。我说起你的时候口气很温和，他问起你和梅根的生活。从他说话的口气，我可以猜到他和梅根的哥哥亚当的关系相当不错。我想他们应该走得很近。"

我听出他的弦外之音，略微思索后继续压他说："他有没有问过我们住在哪里？"

"哦,我希望没有说出你们住的地方。对了,我告诉过他,你们很享受爱尔兰的生活,找到了一个优美的人迹罕至的地方住了下来。我的确对你友爱有加,也从来不会另作他想。"

"我信你。那我就放心了。我听到的谣传都是假的。"

我真想问亚迪科斯,斯莱德是否知道我从他那里购买《塔堡》的事,但我忍住了,因为我估计他会告诉斯莱德。为了获取他所需要的有关我和妻子以及我们落脚点的信息,斯莱德一定会使尽浑身解数,像一只迷人的狐狸一般缠住亚迪科斯的。如果这个华而不实的畜生是从亚迪科斯那里购得使我命中注定难逃一劫的《旋梯》,我一定不会放过他。我落入了一个不可捉摸的陷阱。

"亚迪科斯,我还有一件事。"

"说来听听。"

"如果亨利或者还有人因为书的事向你问起我和梅,我希望你扮演一个一无所知的角色。在我俩经历过令人心碎的事情之后,我们都希望开始一个崭新的生活。你是为数不多的一位我们希望继续联系的人了,我指的是你和纽约书屋的那些孩子们。希望你能理解。"

"我尊重你的想法,"他说道。"假如我对斯莱德有点口松的话,我说声对不起了。他那时似乎没有邪念,应该是相当友好的。我们都是好朋友。梅根和即将出生的小不点都很好吧?"

"很好，好极了。"我说道。我们结束了非常亲切的对话。不过，在放下话筒的那一刻，我感到胃痉挛了，心里冒出了愤怒的污言秽语，直指所有的人，直指不知所指，但最终是直指我自己。斯莱德了解所有的事，斯莱德就在这里。我没有再打都柏林的电话。不管《旋梯》是来自普罗维登斯还是都柏林，又或者是廷巴克图[1]，我希望我能从楼梯下把亨利·斯莱德挖出来，我已经不管不顾了。我已经陷入困境，已经无计可施了。

回到文具店后，我尽力工作，但是没能集中精力，因为我分心了。午休时间，梅根顺道来到我工作的地方，发现我不在，有人告诉她我回家去了。为什么呢？她也没多想就回书店继续工作了。我和梅根之间形成了一个默契，我每天结束工作之后会顺道到她那里去走一走。爱克勒斯安排我操作印刷机。这对我来说是一件大好事，我因此可以把自己拴在后屋，不用和顾客面面相对。但是我不知道能不能掩饰我内心的不安，避开那个我预见中不可避免的冲突。除此，操作范德库克打样机的重复劳动会使我获得心灵疗伤的效果，至少暂时可以净化心灵。因此，下午的时光很快就打发过去了。不久，老板对我说是打烊的时候了。我清干净机器，把已经印好的纸张齐整地码在操作台上，盖好油墨盒和溶剂盒，然后到休息区去洗澡了。

我穿过狭小的工业切纸机车间，眼前这台切纸机是我们

---

1. Timbuktu，位于沙漠中心一个叫做"尼日尔河之岸"的地方。此处指遥不可及的地方。

用来裁切商业卡片、菜单、请柬以及所有印刷品的。它使我想起了亚当失去的双臂，以及不久前被埋在我家后院的那对吓人的血手套。在我的感觉中，没有恐慌，没有羞耻，也没有煽情，总之一切都不关乎情感。麻木不仁是我心情的最好诠释。看到我们几乎每天都在使用的锋利刀片，过去我从来就没有对此联想过更多。在休息区的洗手间里，我一边晃着脑袋，一边往手臂涂抹香皂，然后用烫人的热水冲刷身体。还好，员工休息区的洗手间里没有镜子。此刻，我真不想看到我鼻梁上的油污。我知道此刻的尊容，无论是怒容还是笑脸，都不是我想看到的。

我擦干手指、指关节、掌心和手腕，然后双手握在身前，举动似乎有点不可思议。我前前后后想了一遍这双手多年来完成的所有精工细活。我意识到，我们所有的人都用双手做过不齿于人之事，即便是穷其一生在阳光普照的道德田野里耕耘的人也不例外。我的双手只是其中的一对，它们的过去善恶并存。它们将来又会做出何事，我无从预知。虽然我发下毒誓，为了我的妻子和即将降生的孩子，我将会竭尽所能阻止它们伸向毁灭的方向。

屋外，一阵南风吹来，在冷飕飕的空气中添加了一股清新，一股略带潮水咸味的清新。我早已注意到，肯梅尔河口的淡水与拉夫特湾大西洋的海水汇合，形成了骤雨来临之前特有的一股味道。我松开洗澡后仍然温暖的手，把手插在夹克的口袋里走向邮局。很好，没有邮件，因此我又朝书店走去。与往常不同，我没有刻意回避来往的行人。行人中并无熟悉的脸孔。我和斯莱德几乎没有面对面接触过，何来熟悉？他肯定会在机会来临的时候现身的。既然我在逻辑上说无事可为，何不为了应付将来之事养精蓄锐，不再自寻烦恼。我来到一家精致小巧的妇女服饰专卖店（我和梅根偶然经过的时候，她一定会要我停下来陪她在商品窗口过足眼瘾）。我给她买了两条漂亮围巾（一条毛线织的，为即将到来的冬天准备，一条丝织的，为春天准备）作为她的圣诞礼物。当店铺女服务员准备包装的时候，我忽然改变了主意，请她不要用专为节日礼品准备的包装纸包装，用店铺里的无色银箔纸包装就可以了。

"这是生日礼物，不是圣诞礼物，"我毫无必要地补充了一句话。

我开始加速，因为已经不早了，并且就要起风了。我决定今晚别出心裁地准备一个二次生日派对，以此来弥补使人崩溃的星期六以及随后使人疯狂的贪夜干扰。我和梅根互相倾尽了各自的情怀来维护我们稳定的感情和幸福。我能察觉出来，最近她对我坚实的情感出现的一丝裂缝似乎又增大了一点。老实说，我有点担心。不，应该说是把我吓着了。我明白，没有她，我会魂不守舍，失去自我。两条围巾是不可能掩盖明显裂缝的，我得设法做点什么来抚平裂痕。

梅根所在的书店位于镇子的一条主街上。此刻，她抱着双臂站在书店前廊。

她问道："先生，您是不是有一个女朋友或者别的女人？"她显然不完全是在开玩笑。

我尽量压低声音说道："你说什么呀？"

"好啊，午休时间我过去找你，你却不在。他们告诉我，你要回家去取你的钱包。可是我知道钱包就在你身上。记得吗，今早到镇上的时候你还给我钱呢。现在你迟来接我，而你从来不会迟到的。看来，你得好好解释一下了。"

我松了一口气，笑了。我把精品店的购物袋递给她，说道："是啊，我迟到了，因为我去艾琳精品店做了一次快速采购，给你买了另外一份生日礼物。假如你允许的话，今天晚上在你挑选的餐馆里，我会为你把它打开。是的，我是对爱克勒斯撒了谎，说我要回家拿钱包，那是因为我要回去打个电话给亚迪科斯问《旋梯》的事。说到女朋友，我真有一个，那就是你。我会不会听到一声道歉呢？"

梅根的脸色由阴转晴，绷紧的脸软化了，咬紧的嘴唇也放松了。早先微弱的灯光一下子变成皎洁的月光，突然从她的心中释放光辉。她感谢我为她准备的礼物，但是她对我说实在没有必要这样做。她向我道歉，她的诚心诚意比她对我的无心指责更甚。

很幸运，我们在最喜欢的乡村俱乐部订到一个靠近火炉的餐桌（已经几次这么幸运了）。在我们到达餐馆之前，风夹着雨迎面而至。这就是有趣的金赛尔。我们坐下来，幸福地享用牡蛎杂锦煲和鱼扒。梅根似乎恢复了正常情绪。她问我，是不是问亚迪科斯关于叶芝的书的事。我诚实地告诉她，亚迪科斯对此毫不知情（他毫不知情是因为我根本没有对他说起这件事）。我认为我的回答已经足够诚实了。喝完第二杯啤酒之后，我觉得我已经进入了时间的保险袋，生活似乎在朝好的方向发展，我们不再为过去的威胁担心，也不再为"将来之事"担心。我知道我已经处在正弦曲线中上下波动，时而充满希望，时而陷落深谷；时而酣睡又时而失眠，时而信心满满，时而猜忌重重。如此变化无常的情绪和性格曲线使我不堪重负。面对着这种状况的我，梅根这几个月的生活可想而知。

梅根说了声对不起，起身去洗手间了。我感到自己的胃在上下翻腾，犹如在热火上炙烤，我真的渴望好好把握自己。假如斯莱德此时就在我的身边，又一次向我索要金钱，我会怎么办？杀了他？我没有这种打算，但我能乖乖地尽快付给他钱吗？我能够将亚迪科斯·穆尔代售父亲书籍的未来收益转账给他吗？父亲的书只卖了一半左右，这些钱大都是几年定期并且转到不为梅根所知的账户上的，其中一个账户是我可以用来支付斯莱德的。那是一个可观的数目，足以让我摆脱他施加给我的另一个魔咒。我也可以对斯莱德做出承诺，不再去碰他的营生。我怀疑我的承诺是否有分量。不能一再反复了。

催眠是明火在烧，安抚则是一种信心，我明白这不足以摆脱那个人的纠缠（我在想的时候，梅根回来了），但至少当他打电话来的时候，我可以做出适当的反应。喝完咖啡后，梅终于把礼物打开了。她十分喜欢我的礼物，迫不及待地把两条围巾都绕在她优雅的脖子上，趁着夜色回家了。

他的信第二天送达邮局，精确如同蓄意安排。

早晨的天气明显地无趣可言，天空一团浓灰，乌云不断蔓廷下压，如幽灵令人窒息。我坐在村镇广场的公共长椅上读信。信的开头没有致意的话，结尾也没有签名。所有这些我都再熟悉不过。信件以 W.B.叶芝的笔迹书写，而不是亨利·詹姆士或亚瑟·柯南道尔，这同样是一种惯常的套路。这封信比斯莱德先前的信尤其令人不安，因为这是在我不明对手的情况下，再次出现在我面前。除了预期的细节，这封信传递的信息毫无善意，也不想刻意藏匿其意。

已故的诗人与你何干？你以自己的贪婪和疯狂促成的麻烦当需解决。这是你造成的。你有机会准备停当离我们而去。但你似乎不愿意欣赏体面承认失败和体面投降。以我的善意，我可以最后一次宽恕你和你的家人。我将在不久之后给你指示。指示会在随后的信中附上。除非你希望你的孩子一出生就在育婴院成长。

虽然那个人尽量避开已经落伍的形象，他没有再套用叶芝的口气。他有他自己遣词造句的一套，我对如此自负嗤之以鼻。但是最具攻击性的是他的指示"随后到达"。为什么不是现在？为什么要浪费时间？斯莱德仅仅是一个虐待狂吗？又或者他还没有盘算好要从我这里得到什么？这些问题既令人费解，也令人彷徨。然而，我坚持先前给自己规定的下限，在任何情况下保持冷静，只在形势明朗之时做出反应。

那天下午文具店打烊之后，我选择了直接回家，而不是花个把小时等待书店关门。梅根告诉我她想走路回家，为了她自己，也为了待产的婴儿做一些运动。那天早上吃早餐的时候，梅根开玩笑说："在俱乐部吃了太多美味的增肥食物。"我告诉她我在家等她。这样我就可以利用时间整理一下屋子周边，做些我想做的活，或许顺便读点书。

当我的车进入私家车道之后，我似乎看到一条棕黑色的野狗出现在野地边上，离树林只有一两码的样子。我想，又是那只狗娘养的。我决定下车拿起一快石头，不动声色地朝那边扔去。我走过去挥手一掷，石头正中那只漠然无知的狗头，把它驱赶出境，其实也是将自己脱出困境。我最好是将车熄火后，带着装有从文具店借回的溶剂罐的纸皮袋退回家中，把自己锁在门后。我脱掉风衣，在前厅甩掉沾满泥土的鞋子，然后直接走到地下室，翻出那对手套。我小心翼翼地解开装着塑料袋的粗麻袋。我的发现令我惶恐不安。塑料袋里发出一股苦甜辛辣的腐尸味道，虽然只是淡淡的气味，但在霉腐的空气中漂浮不去。我把塑料袋带到污水池前，把沾满棕红色血污的小牛皮手套放进池中搅碎。诚然，我从来也没有打算利用这对手套，但是当我把搅碎的手套扔进公共垃圾箱的时候，我是想让它们成为揭示血迹来源的传播工具。当然，除了我和斯莱德，这种特异的血迹故事将会口口相传，那些不情愿以及不喜欢此事的阴谋家或许会对此进行解读。

　　把它们洗干净的快速程度超乎我的预料，虽然仍有溶酸的味道，在冷热交加的水蒸气下很快也就散发了。在抹掉金属皮垢后，我擦干净手直接返回一楼，到厨房处理另一个塑料袋。我做贼心虚地朝后窗望了望，看那只脏狗是否在附近探头探脑。那只狗好像不见了，太好了。我迅速回到车上，驶过克伦威尔桥出镇而去，来到一个类似于峡湾的湖泊小船坞。湖水闪着墨绿的光芒。我和梅根曾经在一个醉人的仲夏日来过这里，在这里欣赏穿着花里胡哨泳衣的滑板手做各种来回穿梭的离奇动作。那一天，码头上人潮涌动，岸边的泊位停满了车，今天晚上则空无一人。我极其愚蠢地把塑料袋扔进最近的一个加盖垃圾桶。尽管时间很紧，梅根很可能已经回到家了，我还是利用开车之前的那一刻好好地享受了一番克里郊外雾气缭绕的香甜空气。我深深地呼吸，迫切地想把压在心里最后的烦躁赶出去。我反复吐纳，不断思量，我所做的事情应该会有一个好结果的。家庭内外，为人父母的生活必将归于平静，回到正常的轨道。此时，我似乎有点头晕，但也足够清醒。我迎着风，驱车沿着绿荫遮顶的道路回家了。

　　在我拐进车道的时候，我看见那只野狗像家庭宠物一般蹲在前廊的台阶上层。我的车灯照在野狗的眼睛上。令人吃惊的是，它的眼睛闪着银白色（或许是奶白色）的光芒，眼睛里一片空洞。它并不害怕,目中无人。我大声呼喊,它没有尾随我而来,只是尾巴晃动了一下。我走下车,大力关上车门,希望能够把它吓跑,但它纹丝不动。我朝前廊走去,发现我对野狗的怒吼根本无济于事。它稳扎稳打地蹲在那里。我走到它面前拍它甚至踢它,它终于向我咧嘴呜咽,警告我不要乱来。我看到它紧盯着放在它面前厚厚的一块肉。我这才恍然大悟,这是一只哑狗。我往身后看去,眼前只有黄昏中的田野。于是我回到了车道。

我忽然看到在百码开外通往车道的土路上有一个人影朝我这边移动。

"是梅根吗?"我大声喊道,希望是她。见到她似乎没有听到我的话,我又回到野狗面前悄声对它说:"我该拿你怎么办呢?"

它似乎听懂了问我的话,很有风度地站起来,叼起那块厚厚的牛肉(或许是羊肉,又或许是其他什么肉)走动了,开始往下跑,紧接着迅速闯过草坪,消失在树林子里。

我又转过身,朝那个仍然看不清但渐渐靠近的身影望去。我再次喊道:"梅根,是你吗?"

"嗨,"她回应道,声音比我想象的要热切得多。

我走过前廊开了门锁,把灯打开。我的眼梢瞄到刚才野狗趴着的地方旁边放着一件没有标识的包裹。我下意识地蹲下来把它捡起来,迅速插进大衣口袋。我默默祈祷梅根没有注意到我的动作。梅根的脚步重重地踏在卵石路上，听起来就像是一个老人有节奏地踢脚或是垂暮咳嗽的咔咔声，又像是轻柔的咂咂声。"你穿着大衣在门外做什么呢？"她一边爬上走廊的台阶，一边微笑着问我，接着给了我一个吻。

"我？哦，那只狗又回来吠叫了。我出来赶它走。"

"噢，它变得越来越讨厌了，"她进门一边脱下斗篷一边说道。"也许我们该去问问邻居们，看他们是不是知道这是谁家的狗。我们实在不希望在孩子就要出生的时候看到它在附近乱跑。"

我在走廊上又停了一会儿，凝视着已经完全黑下来的屋外景色。屋外景物此刻已经完全被夜幕吞噬了。

"你还不进来？你让冷风灌进屋里了。"

"对不起，就进来，"我一边说一边进来吧门锁上了。我赞同她的说法，答应明天就去问问这是谁家的狗。

斯莱德为什么不直接到警察局去，或者直面梅根，大胆说出他的指责，这样事情不就解决了吗？

这是我梦中的情景。我所想象中的那个人很自然呼之欲出了。但是他如此做法，获得的只会是复仇而不是金钱。我能嗅到与斯莱德其人的种种关联特征都与亚当·迪尔有联系。他们之间最根本的关系是肮脏的金钱利益关系，万能的钞票。我明白，这是人类最常见的弱点，是一种精神的扭曲。

梅根入睡之后，我下楼去读斯莱德的信。这封信建议（或许要求）我们见一次面。他相当有礼貌地提出希望在他下榻的酒店餐厅里安排一次略迟的午餐。凑巧的是，他下榻的酒店就在镇中心附近的亨利街。这一次他的信函全部采用叶芝的书写体，并且像学童一般使用大写字母。信里写道：

我想，这次不会让你太难找到会见地点，它就在你工作地点的对面。我之所以选择那个地方正是因为这种理由。我得说，我十分欣赏你准时上下班的习惯，你所坚持的准点习惯说明你是一个负责任的人。凭这一点，我有信心在你我之间可以找到一个解决问题的办法，一如法律解决那样，坚持共同找到的解决办法。因为你明白，必须这样。

他是一个疯狂而又谨慎的精神病患者，但我禁不住要对他的执着和胆大妄为表示佩服。听起来很离奇，我如释重负，爬上楼去和妻子一起睡了。当我靠上枕头的时候，很轻松地想到，事情终于到了一个可见的终点。尽管斯莱德信中带着威胁恫吓的言辞，尽管他把一只可怜愚蠢的野狗作为攻击道具，但他似乎找到了一个启动文明交易模式和我解决问题了。为什么要选择一个奢华的旧式酒店餐厅呢？是不是他另有图谋呢？我躺在床上，一直在遐想我们会面的场景。黑暗的边廊，雾花变幻的墓园，叮当滴水的草屋，这些都是残暴攻击者的标配。哥特式的选址反射出一个孤独心灵的寻觅。用绝非好看的墙纸装饰的房间，精致的银刀具配上瓷餐具，脸带微笑的侍应生在推荐当日特别菜式。再有就是我早就想到的他会提出的建议，或者至少他会最后一次提出类似问题要求我，还有就是我会提出的反建议，如此等等。今晚，我沉睡如斯，一夜无梦。

一觉醒来，我觉得这是我最近一个月来精神最好的一次。次日下午，他打电话给我。一如他典型的做派，他没有告诉我在会面中要说什么话。我自作主张在酒店前台给他留了一张纸条，告诉我将按要求三点到达。这确实是一个有点迟的午餐。我估计他是想利用这个时候餐厅相对人少的机会做个私人聚会，在安静的公共场合作一次安静的私人会谈。酒店登记本上没有亨利·斯莱德其人。但当我向经理描述此人的时候，经理说道：“哦，对，我想您要找的是亨利·道尔先生。”听到经理的话，我笑了。我递给他一个信封，说道：“就是他。请把这封信转交给他。”我只要横穿马路，往下走几步就会来到爱克勒斯的店铺。我深信，亨利·道尔就在我身后盯着。很幸运，我放弃了小孩玩的讥讽游戏，没有回过头朝酒店上头的窗户挥手。我迈开自信的脚步，在太短的距离内踢开太长的脚步，心中却明显苦海翻腾。我已经没有气力快速打开店铺的门了。

店里没有什么活可做。随着寒冬即将来临，旅游季节也随之结束了。时间显得格外漫长。爱克勒斯已无印刷工作让我去做。因此，我选择了一些创意性的活路，把圣诞卡片搬到店面的货架上，帮忙在橱窗里布置过节的装饰品如圣诞树和白色灯饰等。有人告诉我，这个季节正是我们兜售库存的机会，比如让人们书写私密想法的日记本、魔幻铅笔、搞怪妖魔橡皮等等，对了，还有包装这些玩意儿的花纸和缎带。我时不时不由自主地透过橱窗朝街道望去，希望可以看到斯莱德。然而，即将来临的冬季使日光消逝得很早，尽管商店的橱窗、俱乐部以及街道上下的商店灯火相映交辉，人脸还是显得模糊不清。

整个下午我都来回游走，终于到了阴沉的傍晚。梅根对天气感到有点不适应，所以我只简单地做了一道肉汤和炒蛋。我不断地将过去几年生活中曾经发生过的事件一遍又一遍地梳理，心目中排在靠前的是亨利·斯莱德。我特别想知道为什么他会对我如此敌视，使我确实感觉到他发自内心的仇恨。诚然，我们曾经无意中在相关的交易中，在某种程度上背靠背纠缠在一起，两个造伪者都对同样的作者有类似的兴趣，在相同的小交易圈里秘密竞争，由于特殊的原因不自觉地分享所接触的某些相同部分，而命中注定永远不会成为朋友。这些或许可以说明问题。但是，我无法解释的是，为什么亨利·斯莱德要不惜花费时间，更不用说金钱（《旋梯》不是一本便宜的书，飞来爱尔兰也不是免费的）来惊扰我，恐吓我和威胁我。对我的惩罚似乎还不至于到犯罪的程度吧？

梅根心不在焉地清理干净餐台后，回到卧室去读书和休息了。我却在思索，我先前想象中亨利·斯莱德与亚当·迪尔之间的关系是不是不存在。假如亚当是我想象中的那样，是斯莱德要求得到更多的金钱的根源，警方应当有理由两次质询他，他们为什么没有采取行动呢？如果他们采取了行动，这至少可以解释他目前的行为。又假如我在蒙多克发现的字据是众所周知的线索的话，那么，现在它已经石沉大海，斯莱德就有权相信（似乎他已经认定是我杀了亚当），我除了《巴斯科威尔猎犬》的伪造文件之外，还从他那里偷了更多的档案材料。值得小小地宽慰自己的是，我记得十九世纪英国国会几次辩论中，曾经议论过造伪本身是否可以定性为偷窃，是否可以作为死刑判决入刑的案例，这里有一个是否量刑适当的问题。今天，我支持查理·鲍德勒[1]的观点，他在1818年的一次辩论中认为"人们也可以自作主张用雪球投掷太阳，正如已经提出的辩论一样，为造假必须剥夺生命的指控做出辩驳。"我不得不考虑，

---

1. Charles Bowdler，1785–1879，英国一流垒球手。

和我不一样，斯莱德可能从来没有读过鲍德勒的《论关于造假案件的死刑判决》（*On the Punishment of Death ,in the Case of Forgery*）的文章，如果读过，他就会在这件事上持支持立场。在他心目中，我不仅仅是一个谋杀者，我更可能还是一个小偷和盗窃犯，有意无意中把他推向贫困的深渊。然后呢？

那天晚上，我对梅根撒谎了，我相信有时撒谎无伤大雅，甚至是必要的。在兄长去世以后，她好不容易从她的生活中找到了一点小小的心灵平和。隐瞒某些可能伤害她或者导致她不必要担心的事不仅仅是公平的，还应该是明智的。由于我的这种想法，我向她提起，明天下午大约三点钟的时候，我受爱克勒斯的委托去会见一个客户，商讨我联手从事小型印刷业务的可能性。

"真的吗？那太好了。"她说道。

"这是非常初步的安排，或许会有变动，"我编了个理由，因为我马上就想改变主意了。

"你们准备出版哪种类型的东西？"

"无非是小册子一类，我想是方便保存的限量版，能够夹在精装封面之内的小册子之类，里边会有一些本地作者的，大部分是诗人的作品。他们可以承销这些书。我还不太清楚，现在还只是说说而已。"

我自己也没想明白，我为什么要编造这些话来换取与斯莱德一两个小时的会面。当梅根宣称"真是绝妙的好主意"时，我的心里沉甸甸的，不知所以然了。

"呃，我提醒你，"我说道，声音低了许多，似乎我所说的凭空想象的项目离现实还很远，"那可能是个悬空的馅饼。"

"不管怎样我都喜欢。我等不及要听到你们会面的进展了。"

"我会让你知道的。"不久，我看到她上楼睡觉去了，不由得松了一口气。

洗完碗碟之后，我脑子里冒出一句自寻烦恼的话，如酸性反应堵在我的喉咙。当我犹如老人一般，以迟缓的脚步爬上楼去和梅根一起睡觉的时候，心里至少在想，今晚斯莱德和他的狗再不会凄惨和戏剧性出现了。我轻易编制的小骗局使我心情归于平静。希望可怜的会面和项目胎死腹中。

朝阳初现。窗外，乳白色的轻雾斜披在林子的树梢上。我起来穿着整齐，准备早早去上班。我赶早的原因是为了避免和梅根再次议论会见客户的事，以此来掩饰我荒谬的谎言。虽然，梅根早就过了早晨的孕前不适应症，她依旧感到不舒服，因此决定留在床上不起来。由于她从来没有请过假，因此她不知道老板能不能忙得过来。我也希望她尽可能留在肯梅尔村的家里。我用掌心摸了摸她的前额，有点发烧和出汗。我说，这都是爱尔兰气候造成的。

我给她拿来（爱尔兰）苏打面包、奶油和果酱，又给她准备了一杯桂皮茶，然后亲吻告别。"祝你会面顺利，"这是她在我临走之前给我的祝福。

在文具店里，我一直在焦急地计算时间，以致注意力严重分散，要不是少要了顾客的钱，要不就是多算了钱。我告诉老板我得提早下班，去和一位来自美国的好朋友吃午饭，这是这一天我第二次撒谎。我横穿过马路往酒店餐厅走去。已经过了三点，斯莱德还没有出现。据我所知，他只要离开房间走下楼梯就可以了。我叫了一杯啤酒。就在女侍应生出去拿酒的时候，我改变了主意，请她给我一杯双份未掺水的康尼马拉威士忌。

斯莱德让我等了整整半个小时也没有现身。我开始担心起来，他会不会借口会面把我晾在这里，然后他自己跑到我家去向梅根出示对我不利的证据？我等来了我的第二杯双份康尼马拉威士忌。好笑的是，他也到了。

斯莱德说道："很对不起，我来迟了。"

他点了一杯尊美醇威士忌。这是我第一次在这么近的距离，这么清晰地看到他。我该如何形容我的心情呢？眼前这个人给我带来了如此之多的悲伤和麻烦，反过来我也如此。似乎双方都不会否认各自所承受的痛苦。

"我们终于见面了，"他的话打断了我的思路，或许他不愿意让我多想。

"是啊，我们见面了。"

从餐桌这边看过去，我禁不住端详起眼前这位文雅的男士。他是一个风度翩翩，身体健硕的男人。突出的颧骨，犹如学者般的严肃深邃的眼睛，宽大但剪裁合适的条纹灯心绒外套，飘逸的双手，手指上脉纹清晰，白如石膏。我想，见过他的人都会说他是一个精力过人的男人。他比我记忆中在图书展销会上偶遇，并且和我玩猫捉老鼠以及此后照过面的那个人更显优雅。最令我震惊的是，我意念中一闪而过的想法很难说是真实的，眼前这个亨利·斯莱德却是活生生、肌肤毕现的斯莱德。这是一个在现实世界中我不得不与之坦诚相诉两人最热爱的事业的人。假如活着的人中还有我可以对造伪进行深入细致探讨的话，那只有眼前这个艺术伙伴，一个坐在我几步之遥地方的家伙。我知道，我的想法有点荒谬，也有点不正常，我想阻止自己，但我还是举杯说："为健康干杯。"

"为健康干杯，"他附和道。

我们一时相对无言。过了一会儿，他冷静地说道："饿了吗？"他放下酒杯，拿起（正好是爱克勒斯和我一周前印刷的）菜牌看起了来。

"如果您饿了的话，"我一边说，一边看着斯莱德漫不经心地浏览菜牌。"可是，我们来这里真的是为了吃饭吗？"

"噢，我不认为我们不是来吃饭的。我饿极了。点菜吧，这里的鱼味道好极了——"

"我很了解。"

"承蒙赏光，这餐饭我请，"他继续说道，脸上露出优雅的挑战性微笑。他扬扬手把女侍应生（房间里唯一的外人）

招呼过来，问她今天的招牌菜是什么。女侍应生拿着各自点的菜单出去了。此刻，我对从肯梅尔河里捕捞上来极富盛名的马鲛鱼或者别的鱼已经胃口全无，也不感兴趣了。他捡起刚刚那个未说完的话题说道："我想，我有把握地说，您不属于这里，您只是想证明自己存在而已。因此，'都有足够的时间'这句话并不完全对。没关系，我很高兴您能来。在这里把一些事说清楚很重要。"

我很高兴他想要坐下来解决问题。无论他的计划是什么，早解决问题比晚解决问题总是好的。我说道："太好了。对不起，在告诉我您是怎么想的之前，让我先说几句。"

"我们就是来对话的。您请说吧。"

"无论怎么强调，此刻可能不是急在眉睫了。我对《巴斯克尔猎犬》的交易深表歉意。我不应该复制，也不应该把它出手。"

斯莱德用食指在他的威士忌酒杯边缘敲了敲，眼睛直盯着我，说道："对呀，您不应该，不应该的。问题不在您的道歉有多么重要，问题在于它不值得这么个价码。"

"好啊，先前亚迪科斯给我多少钱，我一定悉数还给您。"

"我预料到了。"

女侍应生把我们的汤送进来的时候，我们打住了谈话。侍应生问我们还需不需要再加一点，我们说不要，但旋即又决定要酒了。侍应生随后离开了。

"很公平。"我说道。

"我们还是直奔主题吧。我此行目的并不在于品尝美丽可口的小回流烤鱼,也不是为了这一杯酒。我是来讨要公道的。我给您的公平机会早就错失了。在您醒悟过来之前就已经过去了。"

"那好吧,"我平静地说。此时,侍应生拿着我们的酒瓶回来了。她开瓶给我们倒上酒。"您认为对您怎么不公平了?如果我可以设法处理好,我一定会做的。"

他一直等到侍应生离开之后才接着说:"呃,还是您想办法吧。"

过了很长时间,我似乎才反应过来。我又回到了对亚当·迪尔的沉思。我戏谑地问斯莱德,亚当是如何进入他的生活和交易圈子的。随后,我记起了奥森·威尔斯[1]在我最喜欢的电影中说过的关于造伪的一句台词,大概意思是:"我们这些专干见不得光的事的人永远站在你一边。"此刻,我对这句台词的理解,先不说亚当·迪尔之死,公平与不公平的绝对含义对我与亨利·斯莱德这类人都毫无意义。我们这一类人一直都在围城之中,而且永远都在。我和斯莱德都只是勉强算得上是卷入大而肮脏的传统循环中的两个小人物而已。我俩既是造伪者又是造伪行当中人。我们假装是一个真正的人,精益求精,有教

---

1. Orson Welles,1915–1985,美国演员、导演、制片人。

养、有职业精神的绅士，一个下决心要远离我们认为要远离的行当的人。但是，我得痛苦地对自己承认，我们仅仅是真实物质之人的缩影。我并不为成为这一类人感到遗憾，因为我发现我们同样有趣。频频举杯使我有点紧张，不断的思索又使我保持绝佳的反应。我立即对这个失去灵魂的家伙有了亲切感。我认为，以其说他是一个简单的对手，还不如说他是一个难于理解的伙伴。

"告诉我您想说什么，"斯莱德的话把我引回了目前的现实。

"您想听真话还是假话？"我问道。

"您说对了，"他说道，但没有发笑。"说什么都没关系。"

"我们能不能不再兜圈子？您想从我这里听到什么？"

"这正是我想要听到的，"他在餐桌上敲敲手指，逐字逐句地说出重点，"就是您刚刚同意的，您把亚迪科斯付给您购买删节版的《巴斯克威尔猎犬》作品的钱付给我。"

"您指的是您手中的完美版的《巴斯克威尔猎犬》作品？"

"让我提醒您，您现在处于不占主动的地位。假如您希望和您的娇妻过好你们的小日子，继续保持目前的琴瑟和鸣的状态的话，我需要您再付我五十万。"

"惩罚性赔偿金？"我皮笑肉不笑地问道。

"非也，这个容后再议。五十万是收益损失。"

"我怎么可能要付您收益损失呢？"我问道。看到那对曾经给我印象深刻的眼睛，我瞬间清醒起来，那对眼睛如此冷酷无情，十足食人兽的眼神。

"您真的比警察还愚蠢？要不要逐字逐句地给您重复一遍？当您杀了我的朋友，我的合作伙伴，我的门徒和您的姐夫——"

"他不是我的姐夫，我也没有杀他。"

"您那么做的目的是切断了我通过他形成的最紧密的联系。请不要否定您杀他的事实，请不要侮辱您和我两人的智商。"

"您怎么知道是我杀了他？您有什么证据？"我感到我的右手在颤抖，赶忙把它从桌子上平缓地放到我的膝上。

"我并不知道，我猜的。证据是基于他对我说起您的事。他不喜欢您，他害怕您。而在您付给我钱的时候，我就明白了。"

"您什么也不知道。如果您他妈的了解全部事实，我的亚里士多德[1]，那您为什么不去告发我？"

斯莱德向前倾了倾，脸上布满怒不可遏的神情。"那是一个粗野和错综复杂的问题。但简单的答案是它不能达到我的目的。"他在说这话的时候，没有提高声调和语速。他重新斜靠在椅子上，脸上现出捉摸不定的笑容。他拿起汤匙，酌了一口汤。

---

1. Aristotle，公元前 384– 前 322 年，古希腊伟大的哲学家、科学家和教育家。

我喘不过气来了。他的话明显是蔑视我，认为我完全忽视了亚当·迪尔作为一个造伪者的事实。难道我见证过他造伪或者是谈论过造伪？我没有。我有过硬的证据证明他转手伪作（其中包括他从斯莱德那里获得的命运多舛的《巴斯克威尔猎犬》档案文件，然后卖给亚迪科斯，而亚迪科斯又转售给我）吗？我有。但是，我当时真的确信无疑是他自己伪造了那份文件吗？不能确定。那些在犯罪现场发现的墨水瓶真的是他的吗？那些墨水瓶似乎应该是斯莱德作为一个新手的私人物品，又或者是来蒙多克私访的斯莱德应迪尔的要求在某些文件中所做的小动作。那本叶芝的《诗集荟萃》会不会是斯莱德的败笔之一？迪尔几乎没有花费代价送给他妹妹的是一本废弃的伪作？他估摸他妹妹永远不会知道其中的不同？又或许真的是出自亚当之手，与其说出自一个草率的行家之手，还不如说是没有天分的初学者涂鸦？所有的问题似乎只能得到模糊、可怜和粗略的答案。

本来，我应该为此感到震惊不已，我却暗暗佩服。我可能永远不会了解真相，除非斯莱德能够有所表示，认同或者否定亚当·迪尔之死毫无意义，以毫无结果的方式死于非命。无论哪一种，他都不可能重新接回他失去的双手，他的头部都不可能不会受到重击，使他重拾毫无意义的生命。如果生命可以重来，他可能会有远大前程，而不会永无出头之日。

"我们直奔主题吧，"我重拾焦点说道。我又提出一个无理之求，"您和亚当·迪尔一起工作过？"

斯莱德毫不理会我说的话。他说道："五十万，就这样。外加六十万作为利息，这就是整部作品的成本，《巴斯克威尔猎犬》所有的钱。而最重要的是朝前看，我俩都还有漫长的养家糊口的日子要过——"

"除非您豢养的野狗杀了我，"我插嘴道。"斯莱德，告诉我，您是在哪里找到那条狗的？可怜的畜生，嚼一对带血的手套——"

"您可以着手重做您最擅长的事了。我给您提供您所需要的一切。事情会好起来的。"

这就是我所要付出的代价。事情逐渐明朗化了。亚当这个长期亏欠梅根的人，是斯莱德的一个依赖，一个集贪得无厌于一身的产物，一个流出大量金钱而几无收入的家伙，一个被迫从斯莱德牙缝里觅食的家伙。如今的事实是，我将按照斯莱德的计划成为他的雇佣。这是一个罕有的时刻，我心中因为内疚隐隐作痛，原因是想到我又可以重理羽翅，蓄势待发，重操旧业。

无论是意愿、习惯还是个性中不可言喻的印记，这种异乎寻常的一刻，瞬间消失就如他瞬间来临。谢天谢地，总算是摆脱了，我摆脱了被迫毁灭、被剥夺和被沉沦。统统付之脑后了。然而，一个有所期待的未来父亲怎样才能不担心胡搅蛮缠的野兽的威胁呢？除非如传说的那样，野兽只能安全地出现在儿歌里面。

　　鱼送来了。女侍应生问我们要不要再添点汤。我俩都摇摇头。当她撤下我们的汤碗之后，我真希望她在后厨把我剩下的菜吃完，因为她实在太瘦了。

　　"对不起，我的回答是不，"我说道。

　　"您所处的位置没有资格说不。"

　　"我就坐在这里告诉您答案，不行。您是要我站起来说吗？站起来是不是好一些的位置？听着，斯莱德，我十分享受能成为您的小附体，可是我已经与造伪无涉。我向梅根发过誓，我说的是我的妻子——"

　　"喂，我知道她的名字。"

　　"我说的是，我不会再从事这一行当，我不会。"

　　斯莱德大笑起来，他的举动令我吃惊。他在用尽全力在笑，但我想的不完全是他的笑，而是因为他的笑声所传递的是真诚的兴趣，而不是威胁、嘲弄、奚落或者轻蔑。斯莱德轻易地发现我所说的很滑稽。我看得出来，他很了解威尔斯曾经说过的话，一日为造伪者，终身是造伪者，永远摆脱不了欺骗作伪。

　　我觉得没有必要再重复我自己的观点。那种诗句重复强调的是首尾不相顾的杂货铺女汉子撕衫裂衣的粗野行为。这不是我们所要做的。斯莱德一阵狂喜之后，立即恢复了冷酷、泰然自若的神情。我知道，这是一生中漠视他人，经历了太多孤独的男人的脸，是周围没有其他人与之交往的人的表情。转瞬间，他已经无视自己先前的优雅、咄咄逼人的气势和男性风度，露出了用舍本求末的方式来诉说需求的脸。愚蠢至极，愚笨至极。斯莱德就是一个恶棍。

"我们来谈谈您店里的印刷机吧。我知道这台机器已经十分老旧了。您的老板爱克勒斯先生有成套更加老旧的字粒。"

"不要涉及爱克勒斯，"我警告说。

"谁说了我要去打扰爱克勒斯先生了？如果我能获得必要的纸张和调制出合适的油墨，在那台机器上能够生产出十九世纪晚期或者更早一些的文件来吗？"

被梅根不幸言中。我可从来也没有想过把坡、拜伦或者济慈的诗篇印制成页。

"我的回答是不能肯定，更重要的回答是我不能那样做。目前最重要的，我俩都要关注的是，我不知道我该怎样做才能使我俩从此不再涉及此事。"

"那是我的问题，两件事分开来谈。"

"听我说。亚迪科斯手里有几本我托付给他的书，是从我父亲藏书室里令人印象深刻的书。您应该知道，那都是毫无瑕疵的宝贝。我可以让您直接拿走所有剩下的书。"

斯莱德连连摇手说道，"我已经了解过了。这些书以前可能是毫无瑕疵的，可是您做过修饰了。我在普罗维登斯的时候已经翻阅过好几遍了。"

我想开口说话，但斯莱德打断了我，他已经猜到了我的心思。

"别担心，既然我考虑到这是解决你我之间麻烦的出路所在，对此我什么也没说。那也只值六十万。假如您认可的话，我还要更多的钱。您知道，我安静地来到这里，心中想的是平和地合作。"

他以这种甜蜜愿望的理由来与我会面，可我并没有因此增加对他的信任。假如还有什么的话，大概不会有了吧？

"即使我愿意重操旧业，我也久疏此道，不敢保证能通过检验。或许您的买家像蝙蝠一样盲目，但会有人察觉出这些作品是一种欺诈——"

斯莱德准备开口，但这一次我打断了他。

"让我回去彻夜思考一番吧。我承认我欠您钱。您会发现，我该您的会还您更多的。"

"相当公平，但我有一个要求，不要把这件事告诉您妻子。我俩都知道她会说些什么。因此，谈论与主题无关的事情会浪费时间。她了解我越少，就越有利于每一个人的健康。"

斯莱德仅仅是在威胁我和梅根吗？是的，这个狗娘养的。根本用不着回家躺在床上去思考他荒谬的提议，我已经有了答案。我根本不能与这个不可忍受的疯子合作。一个想法如陨石飞升坠落，在陨石尚未燃烧发光之前就已经在我脑海里闪现，随之产生的是深不可测的主意。他一边毫无芥蒂地指定任务，一边在发出警告。他也得考虑自己的健康。

"我答应您，"我说道。"总之我一定不会让她知晓的。"

斯莱德笑着把杯中酒喝光了。"你我同守诺言。不会要求太高，对吧？"

"在这个问题上，我的承诺要比您想获得的更多。"我说完后解下餐巾起身离座，然后相互道别，因为我们之间已没什么可说的了。"那么，明天早上再在这里会面？"

"十点钟可好？"

"到时再见，"我转身朝门外走去。这时，餐厅已经准备迎接晚餐的客人了。

斯莱德向我喊道："您还没有品尝一口熏鱼呢？这可是美味呀。"

我转过头看见他切下一块鱼送进口里。从他嚼鱼的姿态来看，他对美食极为满意。他半闭的眼睛呈现出一种媚俗的喜悦。

我回到家，先看看梅根睡了没有。

她在床上支身起来。她的脸色比平常显得苍白。她在淡淡的灯光下发呆，亮光的头发明显有席子的压印。窗外，金星在最高的树梢上闪闪发光，美丽，但对人世间的一切漠然无顾。"会面顺利吧？"她清清喉咙问道。

"等一会儿。我想先了解你感觉如何？你看起来好像还没有好转。"

我坐在她身边，把我的枕头放在她的头下，这样她就可以半坐着和我说话。她的前额没有以前那么烫了，但皮肤上微微渗出汗珠。我从床头柜的水杯中取出体温计给她量体温。我利用短暂的静默瞬间整理思绪，看哪些事可以和她分享，哪些不行。我还不习惯看到梅根生病的样子，因为平常的梅根一副健康模样。回顾她的老书屋，她在书桌附近贴着一幅画页，上面引用了她最喜欢的诗人埃兹拉·庞德[1]的诗句。当庞德还年轻和充满渴求的时候，他成了叶芝的密友。我至今清楚地记得那幅画页，就好像现在在我眼前一样。诗句是用大大的字写上去的：书籍是人们手中的一团火。我们建立关系初期，也是傍晚这个时分，书屋关门了，我和梅根相向而坐，品着咖啡闲聊。我打趣说："要知道，你自己就是一团火。"那个时候我就知道，自己毋庸置疑地爱上了她。她给我回了一句俏皮话："我就像

---

1. Ezra Pound，1885–1972，美国诗人，文学评论家。

一本书，在你手中更加发亮。"这句话加深了我的爱慕之意。

此处，今晚。我已经处于十字路口，我对她永远的爱要重新再续，不是因为我会离开，即便在我最伤心的时候，即便在我最疯狂、最绝望的时刻，我也不会离她而去。看到她如此无神，平日的热烈被流行性感冒搞得萎靡不振。我相信这不会影响她的妊娠，只会使她日常步伐稍有缓慢。我知道，我必须尽我所能保护她。这是不是意味着我要重操旧业呢？我想，就这意思吧。但更有可能是因此把斯莱德推下深渊。

"你的体温大概在 100（华氏）度上下，和今天早晨差不多。我给你多做点肉汤，你要多吃东西。"

"那当然，太好了，"她回答道，随即靠着枕头躺下来。"会见客户还好吧？我的老板打电话问我的病情。他说他看见你今天下午在印刷铺对面的酒店和人谈话来着。还顺利吧？我想，对于有关各方，这是一个多么好的机会呀。"

我尽力掩饰此时的不安，搪塞她说："是啊，那是爱克勒斯的一个客户。对不起，我还不能原原本本地告诉你事情的进展，还不到说的时候。我能说的一件事是，我们一致同意暂时保密，直到我们决定是否推进。只有那样，如果生意做不成也不会引起太大的失望。"

"也就是说，一旦你们宣布合作成功，就会有更多的兴奋点啊。太有意思了，"她说道，根本就没有注意到我对她撒谎的窘境。

　　我给梅根送来晚饭后，继续陪在她身边，直到她又一次入睡。我轻手轻脚地关上房门，溜下楼梯来到客厅对过的书斋，同样小心翼翼地关上门。为寻求建言，我必须和亚迪科斯通话。但我得承认，那个电话可能会造成令人不愉快的事情发生。我不知道普罗维登斯现在的时间。在拨电话的时候，心里一直忐忑。出乎意料的是，他居然接电话了。他似乎不在意时间，欣然接了电话。

　　"我总是十分高兴听到来自远方伙伴的声音，"他说道。"大家都好吧？一切都顺利吧？"

　　"人都还好，事情也不错。梅根得了感冒，但无大碍。"

　　"你呢？"

　　"一般来说，我还算可以。"

　　"可是听起来你一点也不兴奋，"他丝毫没有停顿地告诉我。我想，也只有亚迪科斯几乎比所有的人都了解我，因此不必装糊涂。此外，我这番心虚举动的全部目的就是为了寻求好友的建议。

　　"还记得亨利·斯莱德吗？"

　　"当然记得。"

　　"我不知道该如何解释，可是这一次我和他之间真的有麻烦了。"

　　"什么麻烦？他欠你钱吗？"

　　"不是，正好相反，是我欠他钱。他风尘仆仆地飞来肯梅尔向我讨债。"

"似乎太极端了，"亚迪科斯说道。"他卖给你什么啦？首版书？"

"我真希望我没有向你开口，让你见笑了。可是，我不得不向你求助，请你把我委托给你处理的剩下的所有书籍余款全部给他。假如你不介意，我希望你直接付给他。你知道我和他不对付，他也知道我信得过你。有问题吗？"

亚迪科斯那边停顿了一会儿，随后说道："好吧。可是，假如你不介意，我需要拿到一份你的授权文书。"

在我们从事交易的那些年里，我们之间有过成千上万的金钱交割，他从来也没有问过我要这样的文件。

"在最后的存货售罄之后，你想要拿到最后的账单吗？"

"我想是的，可这不重要。斯莱德的份额，无论是多少钱，我只想尽快还了这笔孽债。"

亚迪科斯换了一种口气，变得严肃甚至严苛起来。"我不喜欢你这种说话方式。几分钟前你说过你和斯莱德之间在处理事情的时候出了麻烦。你能告诉我是什么事吗？"

除了亚迪科斯，我还能和谁说事？在说出部分真相之前，我犹豫了。我不能告诉他事实上存在两部与《巴斯克维尔猎犬》相关的档案材料，其中一部比另一部要好得多，但都不是经玛丽·傅丽和无可药救的醉鬼查理·蒙特多·道尔[1]之子亚瑟·柯

---

1. Charles Altamont Doyle, 1832–1893, 英国维多利亚时代的艺术家, 柯南道尔之父。

南道尔写出来的。再说了，斯莱德觉得在迪尔这件事上抓住了我的把柄，因而相信真的可以以此来敲诈我。所有这些我都不能向亚迪科斯如实陈说。我现在要穿越的是一个危险之路，我甚至想到要退缩回来。很快，我想起了斯莱德大快朵颐之时那张自鸣得意的嘴脸，我决定了。

"亚迪科斯，我现在还不能回答你所有的问题，但我可以告诉你斯莱德要我重出江湖，重操造伪旧业。"、

"那太简单了，你告诉他说不行，不就得了。"

"事情还没完呢，"我接着说道，我意识到我忽略了他的部分建议。"他想要我印刷伪作，不是手书伪作。"

"你是什么时候学会印刷的？"

我觉得亚迪科斯误解了关键的一点，我说道："事实上，我不懂得印刷。好吧，我在肯梅尔印刷铺利用工作便利学了一点，我想，我曾经向你提起过我们有一台好用的旧式范德库克打样机，我正在上手，一点一点地学。再说了，这也不可能让我成为印刷师呀。"

可以猜到，亚迪科斯几乎没有在听我说话。他说道："那真是个十分值得学习的技术。"

难道这就是亚迪科斯说的话？我简直不能相信。"你现在说话的口气就像梅根了，"我说道。"她也赞成我学习印刷技术。她认为我该从事小型印刷生意来为当地诗人之类的人群服务。可是我要补充一句，她强调的是，想都不要想利用它去伪造任

何东西。"

"你提到的斯莱德却想你这样做。太有意思了。"

此时此刻，我有一种强烈的不祥之感。我听到电话线那头的人开始怀疑我亦有造伪之想。首先，在感恩节那次，我肯定向亚迪科斯说起过爱克勒斯的范德库克打样机的事，我甚至说起过我回应爱克勒斯的话，利用这台机器的凹版印刷功能在铜版纸上印制店铺的信笺抬头是完全可行的。"我想印制这种信笺来写普通邮件回答客户，这样客户就会对我们加深印象，以此用来达到某种效果，"爱克勒斯如是说。或许亚迪科斯已经不记得此事了，极有可能完全不记得了。但是，他此时的反应使我联想到我与斯莱德之间的关系，我陷入不能自拔的窘境。是不是我固执地认为他在有意回避？就像一个因为欣赏生长在火山口上的妍丽鲜花而忽略了脚下炽热的熔岩？我心已决，义无反顾。

"至于斯莱德，我说他是这么想的，"我有点多余地回应他的话。

"哦，你知道我对这件事的感受。我其实完全没有必要提醒你，当你事发经历煎熬的时候，我十分震惊——"

"所以你知道我一直对你心怀感激。"

"我相信。如果我身处险境，你也会这样对我的。"

"我相信，无论事态如何发展，你都会从容应对的。"

"当然会，"我说道，心中充满期待。

"朋友之间应该相互支持，甚至不需要明白彼此做出什么决定，采取什么步骤。"

他为何这样说？我忍住没有问他。"这是友谊使然。可是我要提醒你，斯莱德可能是你的朋友，但他不是我的朋友。"

那头又是一阵静默。随后，亚迪科斯说道："我不愿意听到朋友之间争吵。"

一阵隐隐的伤痛（该如何形容呢？）从头到脚穿过我的身体，像是一根用旧报纸包住的警棍击在我身上（这是旧时腐败的警察在审问狂躁的监犯时惯用的手法，目的是不在监犯的皮肤上留下受折磨的痕迹）。斯莱德很明显是在用他恶毒的想法来扰乱我有意营造的狭小宁静的避世生活。我发现自己对我最崇敬的朋友之一（一位正如他自己所说，在我最艰难的时期一直站在我一边的朋友）产生了怀疑。

"听着，亚迪科斯，假如斯莱德一直像现在这样咬住我不放，在忍无可忍之时，我想我会站出来公开这个家伙的一切的。你也知道，我已经付出了我该付出的，我还愿意付钱给他。可是，我的孩子即将出生，而斯莱德的世界不再适合我生活和做事了。"

"你要做最适合你和梅根的事，"亚迪科斯说道。"我知道这是一句老生常谈，但老生常谈往往是真心话。"

这句话使我感到宽慰，这才是我认识的老亚迪科斯。当事态发展只需要如此简洁明了的大实话时，他送上了贴心的陈词滥调。

"虽然你指的是斯莱德，我怀疑如你所说诉诸公众有什么好处。有些事最好在同行之间说说，即使对方是你的敌人。你说对吗？"

宽慰瞬间化为悲愤。这就是我贵比黄金、心照不宣的朋友亚迪科斯？他在跟我玩亚努[1]的双面游戏？我对自己说，不会的，他不是那种人。一如将污泥涂抹在黑亮的漆皮皮靴上，我所有谴责性的想法无疑是一种无助的企图，是通过我与斯莱德之间的联系去抹黑他。

他接着说道："除此之外，你为什么要重新翻出你过去的事来呢？那可能会给你和你的家庭带来许多负面影响。是时候摆脱过去的一切了。"

听到亚迪科斯这句话，我知道对话该结束了。现在对话的亚迪科斯不是我曾经无数次对话的亚迪科斯·穆尔，我对那时的他充满信心。在通话中，我所感觉到任何不信任的暗示都积聚成一个事实，即在一定程度上，任何事实都是真的，或者任何真实的事情都会是事实。我感谢我的普罗维登斯朋友，我的不信任无关乎他谨慎的转变，只是感觉到以后再也不可能与之对话。我挂断了电话，心碎了。

整个晚上我都在反反复复地回顾和亚迪科斯的对话。或许是

---

1. Janus，罗马神话中的门神。

我对所有的一切怀疑过度，认定所有的一切与亨利·斯莱德有关。我将身体转向右侧，在脑子里继续推理，然后又翻身向左，不断辗转反侧，终于平躺下来了。或许是我误解了亚迪科斯的看法和关心，我尽量这样想，但没能说服自己。我听着梅的呼吸声，偶尔也有咳嗽。我期盼她早晨醒来会有所好转，但也心怀鬼胎地希望她不要好得太快，这样她就不能和我一起进城。等我白天再见到斯莱德的时候，我要把我的决定告诉他。或许，到时我不应当朝窗户那边望，以防梅根在眼前经过，看到我在酒店里与一个陌生人见面。要知道，我心里承受的压力就像灌木丛中的那些遗存的新石器时代的巨石一般，我再无法承压一块小小卵石。

早晨，我推开窗户，放走卧室里一夜的浑浊。天空异乎寻常地明亮，没有一丝云彩。窗外，空气轻柔清新，鸟儿在林子里欢快地鸣唱。我估计这位歌唱家一定是一只嘲鸟，又或许是那种喜欢无休无止重复鸣叫的其他什么鸟儿。我们似乎是睡了整个冬天，尔后奇迹般地在春季里的第一天苏醒过来。在这无比纯静的时刻，迪尔、斯莱德、亚迪科斯，所有造假勾当以及我所卷入的并不存在的违法事实，通通都不存在了。我永远也记不起一个词，即形容这种半睡半醒状态的词。对了，是催眠，或者是意识模糊？但是在我的深层意识里，我希望我现在感受到的甜蜜意境能超过我生命允许之长。

迹象表明，梅根已经感觉好多了。她不再发热，也开始有胃口了。她穿着睡袍走下楼梯和我一起喝燕麦粥。让我如释重负的是，她同意在家里多休息一天。

当我开车进城的时候，天气一如早上。但是，我担心斯莱德
会有什么坏主意。他对我的拒绝会产生什么反应呢？我会拒绝成
为他的合伙人、他的仆从，或者他所要求的在他轻率的计划中成
为他印制 T. J. 维斯[1] 宣传画为掩护，去生产十九世纪的伪作。爱克
勒斯对我十分宽容，他多给我两个小时离开岗位去会见我的美国
朋友。我告诉爱克勒斯先生我是去告别的（我真希望是告别）。
我停好车后，径直来到酒店的餐厅。餐厅里有几张桌子坐上人了，
其中有一对夫妇，我估计是来度季末假期的法国家庭。昨天为我
们服务的同一位女侍应生直接把我引到一张应该是斯莱德预订的
餐桌前。我点了一杯咖啡后坐了下来，精神紧张地往对着街道的
窗口望了一眼。昨天斯莱德就迟到半个小时，他明显地想制造一
个戏剧性的亮相，可恶的主角。其实，从某种意义上，他没有按
时出现在我面前，对我来说不是困扰而是轻松。第二杯咖啡也喝
完了，我向侍应生扬手示意。她捧着沉重的银壶过来给我倒第三
杯咖啡。此时，我开始担心了。我们昨天的对话有什么地方是我
没有估计到的呢？会不会因此发生变动呢？是不是斯莱德有些要
求（或者陈述）我未能理解呢？似乎不像。我们所交换意见直接
有限，讲究如骨头列阵，有求如一串股骨，答复如一块胫骨，相
互之间浓浓的仇恨就如一串从来也没有活着过的野兽的石化骨髓。

---

1. Jeremy Tyler Wise，美国当代职业垒球手。

侍应生出现在餐桌前。这一次，她手中捧着的是一个银托盘，盘中放着一个信封。我的思路突然间集中到了一个点上。我禁不住窃笑，嘲笑眼前这种带着詹姆士特有的维多利亚式的傲慢方式。这一次，斯莱德是要通过银质托盘向我传递一封手写信函？我想，假如他不是如此精神失常，倒显得有些可爱。

您旨在揭露我的主意是一个糟透了的主意，糟得不能再糟。我原以为您会在这一点上有所领悟。我认为我提供给您的是最公平的条件。而今，由于您的拒绝我们再无必要深谈，糟透了。可惜了。

我折叠好信函（带有柯南道尔手笔痕迹的信函），随手将它插进夹克的口袋里。我叫来伺候在身边的侍应生，让她替我结清咖啡的账单。结完账后，我直接来到前台，要求和在酒店下榻的亨利·斯莱德（不如说是亨利–道尔）先生通话。前台经理告诉我道尔先生今天早上退房了。

"他有留话吗？我来这里是要和他共进早餐的。"

"对不起，先生。我没有看到有任何留话。"

我明白这是在浪费我们的时间，于是我问经理他是否留下什么联系方式或者他所去地方的地址。

"很抱歉，没有。"

我说了一声谢谢，努力保持平静，抬腿穿过街道回到爱克勒斯印刷铺。命该如此，命运总是在运动中的。在我的经历中，这一次最具栩栩如生的黑色幽默感觉。那天下午，我印制了一批纪念仪式的通告。

　　几乎不可能把那个病态的名字与我自己的名字分开。如果可能的话，事情就会变得不一样了。我在重复劳动，心中的担忧越发增加。我，自以为是一个有感知力的人，甚至是一个一世精明的人，却在这里遭遇了严厉的因果报应。是的，我总是把斯莱德看作是我想象中最吻合的疑犯。和这样一个魔鬼在一起的时候，你必须用传统的长勺细咀慢嚼。对于亚迪科斯，我企图说服自己，他不仅仅是我的一个朋友，而且是在生意场上最亲密的朋友之一。我忙于宽恕自己所犯的反对他的罪过，以至于迷失了方向，这种罪过在某种层面上具有两重性，违法者是无法摆脱违法惩罚的。那种想法就像是精神重力法则，我却想尽办法对它视而不见。我已经陷入了麻烦，也知道麻烦所在。我在最后一刻曾经想过向斯莱德投降。在种种方式中，这是最容易的一种。虽然，避开爱克勒斯或梅根的追问十分困难，我还是可以找到时间从事我很久以前从事过的工作。爱克勒斯有一些木活字字盘的字体是爱尔兰和英格兰铅字铸造中至少一个世纪之前冲制的，用于印制斯莱德提及的时间段的文件是十分理想的，这是一个不争的事实。我对自己说，如果他供给我书写的内容、纸张、油墨，同时由他将材料送至市场，那么，我的曝光率以及我的法律风险就十分有限。但是，我对妻子做过承诺，我坚信自己会恪守承诺，这涉及要做一个什么样的父亲的事。我的作为会危及我的儿子（女儿）将来生活的机会（我自认为这是一道紧箍咒）。有些时候，当我的手，我的笔，我的纸张结合得如此完美的时候，一种书法的、身体的芭蕾出现在我的眼前，我会发现自己处于物理上的亢奋状态。但我的心不在这上头，而我曾经出自内心热爱的艺术激情也随之消失。随着狂热挚爱不可避免地冷却，既然由于某种原因情人们不再燃起他们自己的情爱之火，我也就不再痴迷于此。我看到店铺之后，我把车开上我曾经停车的街道。我知道，这一切都完结了。在我生命中精确无误的步伐已经终结，过去了，不再重来，不再复苏。或许使人诧异，我感到了从来没有过的轻松。我担心的是结果，但我解脱了。当我终于回到家里，我多么希望冲上楼梯去告诉梅根，她一直希望我做到的事终于变成了现实。但她不会理解，因为她不会相信植根于我心中的毒株已经剔除，已经灭杀。我不想解释它曾经深深蛰伏，恶魔现在依旧从休眠中苏醒，并且向我咬噬，但最终一定死亡，就在今天下午。令人百思不得其解的是，人们总是要保守一些秘密，而这些秘密是应该在高山顶上高声喊出来的。

梅根下楼来和我一起吃晚餐。

餐桌在壁炉的前边，燃烧的泥炭在壁炉里发出轻轻的毕剥声。我尽量使重新获得的温暖感觉保持下去，但是这种感觉很快就消失了。这时，我最希望能美美地睡上一觉。自从斯莱德令人讨厌地出现在肯梅尔，对我造成极大伤害之后，我的疲态开始显露无遗。睡眠，一个长睡无梦的好觉就是治疗我疲倦的良方。晚餐之后，我把碗碟放进洗涮盆里（一直等到明天早上洗涮），我们爬上楼梯，在卧室里换好衣服钻到毛毯下边。窗外，一片云彩如毛毯一般遮盖了天空，使月亮星辰无踪可觅。我深感困倦，于是平躺在床上如新生婴儿一般四臂伸展，侧在一边的手臂如时钟的钟臂展开。

不久，不，不是不久，而应该是马上，现在，我有一种如热火灼烧的感觉。我倚在床沿的右手似乎被一种外力强插进滚烫的深水之中，恰如我之前臆想中的火山口鲜花下面的滚烫熔岩。但此刻何时？又发生了什么？是时间紊乱？还是时间向心聚爆？我无法回答自己纯属臆想的问题。因为此刻，炽热之火化作了刺骨寒冰，简直就是干冰敷在灼热上的苦寒。我抽喘着醒来，如溺水之徒连咳带喘。我难受得频频眨眼，似乎是受到照射在身体上的蓝色光束的刺激。我想，或是以为，这是一场梦，一场噩梦。但是，一阵沉闷的嘎嘎声和呻吟声，又或许是尖锐刺耳的低声咆哮声音从我的思路之外，从我的头脑之外传来。于是，我猛然清醒。我感到手指再次灼痛。这不是梦。我右手遭受了数次锥刺般的无声攻击。我发出一声尖叫，也听到房间里同时传出另一声尖叫，这是妻子的尖叫。她在毛毯下如短跑运动员就位之时用力跺脚。我们谁也不知道嘴里在说什么。出自困兽的本能，我用尽猛力扑向我的攻击者，一个脸上罩着蛮荒怪兽脸谱（牙齿上发出微弱的蓝光）之人。但是，就在我扑向他的时候，感到左右手不能协调动作。

我的右手手指应该还连在一起，没有受到断肢之害。我一定知道发生过什么事，但我有点精神恍惚。混沌中，我用左手拿起一块血淋淋的肉骨用尽全力戳向行凶之徒。梅根穿着沾染鲜血的睡袍飞一般地越过我，嘴里大声喊着，但我听不出她在喊什么，或许梅根不是在喊话，只是她愤怒和恐惧的歇斯底里。她所表现出的勇气令人佩服。在凶徒拿起剁肉刀（我们的？对，就是我们的）再次砍下来的那一刻，她紧紧抓住凶徒的前臂不放。

事后梅根告诉我，我可能昏迷过，的确昏迷过，但我的记忆已经模糊。我只记得在昏倒在地之前，我按向了安全防护开关，房屋周围的地面马上银光四泻。灯光下，地面一片狼藉，这就是此刻的卧室。灯光下，我发现凶徒不是别人，正是我噩梦中的斯莱德。他的眼神犹如车头灯照射下凶神恶煞。他不仅是个疯子，同时也犯了一个可怕的错误。他把梅根推开，扔下武器，一如烛光下无声吟唱的飞蛾夺门而去。第二天早晨，据梅根告诉我，事发后不久，救护车和当地警方很快就出现在我们的屋前。可怜的我，虽然不像先前的亚当·迪尔那样一脚跨进鬼门关，也没有痛失双臂，但躺在了医院的病榻上。斯莱德并没有逃得太远，克里县警方很快就把他抓获了。据说是有人看见他走进村镇郊外的一家俱乐部使用公共卫生间清洗自己。由此可见，他对我的攻击事前并没有充分思考和计划周详。或许，他曾想过破坏我家的安全监护系统。让我一再懊恼和抱憾的是，我布置在屋舍周围的护栏是旧式的灌木篱笆，身手敏捷的盗贼不费吹灰之力就能轻松越过篱笆跃上二层窗户。是他身上脸上的血迹出卖了他，还是我在昏倒在地之前见到的那种疯狂的眼神暴露了他？总之，俱乐部老板立即打电话给警方，斯莱德因此当场被捕。

我没有失去右手，但也因伤致残。他设法把我右手三根指关节以及小指的第一节以上砍掉了。我的拇指却完好无损，真是不可思议。我受到了非常好的治疗。但是，假如我们在都柏林或者纽约，又或者在其他什么地方的医院有可以做断指再接手术的驻院专家的话，或许我至少可以让手指恢复一定的功能。已经不可能了。我的伤残状况还可能恶化。斯莱德随后或许会发现，他的凶残并没有褫夺我书写的天赋。这个自以为是的混蛋凭一时冲动犯下愚蠢的错误，他以为砍断我的右手，我就不可能再有机会书写我的名字和别人名字。我记得，还在小学的时候，老师曾经教我们这些小孩子恢复机敏记忆能力的技术，要求我们学会左右手写字的方法。她说："右手写字用右手，左手写用左手。"斯莱德一定学过同样的小歌谣。他完全没有想到，我用左手而不是用右手写字，因为我相信我聪明的母亲（或是父亲也说过同样的话）。无论如何，我都得感谢斯莱德，我的生活会得到继续，尽管会以荒诞不经的形式继续。我可能会成为偶然出现在地铁站台上的普通人，或者偶然出现在邮局，胆怯地贴报纸、粘信封，一如我们怜悯的人。但是，他们那种无惧痛苦的自我振作精神会证明他们的勇气。感谢上苍，我们并不会为相似的残疾所累。

波洛克新的兴趣在于审问斯莱德关于亚当·迪尔的死亡案件，没有人会对此感到惊讶，至少我和梅根如此。我一反常态，没有向亚迪科斯提起此事，因为亚迪科斯·穆尔与亚当·迪尔之死毫无关系。很自然，可怜的斯莱德有他所指，他用手指直指向我，指认我杀害了我妻子的兄长。无可否认，波洛克并不信任我(是的，他曾经怀疑过我，也不止一次把我传去讯问)。他把斯莱德的供述当作是可采用和可自圆其说的证词。这种荒谬绝伦的想法在可以预见的将来，是不可能作为呈堂证据的。当然，斯莱德目前面临着更多的现世报指控，仅凭这些指控，他就可能要在监狱里待上一段时间。

如果他成功地把我杀害了（诚然，我并不认为他想要我的命），我的案件就可能成为一个典型的模仿杀人案件。然而，随着时间流逝， 波洛克和许多别的人（包括梅根和我本人）都不会相信此事。我宁可相信，别人会认可我所知道更接近事实的说法。换句话说，斯莱德跟踪我的做法与跟踪可怜的亚当·迪尔的手法如出一辙。一个人不可能买到比采集到的更好的详细证据。而斯莱德出于商人的本性，也不会无偿提供证据。

在那次事故之后，我和梅根度过了一段艰难时日（我的手术和康复期）。我最终不得不向她解释亨利·斯莱德是何许人。这不是如线穿针那么容易解释的事情，这是我必须小心应对的任务，因为当局正在调查中，会对我们那段时间的生活产生不良影响。由于警方在场的缘故，我只能在尽可能满足梅根和在场的警方，并且希望事情就此了结。

"你需要明白的主要内容是，"我直奔并不愉快主题的结尾。"斯莱德跟踪我并不是因为我造假，而是因为我拒绝造假。"我躺在病床上喝完了纸杯里的牛奶凤梨果冻，转过身望着窗外的寒冷冬景，无言地长舒了一口气。

"我很不情愿说，"梅根并没有注意到我的本能反应，她回应道。"特别是你还在这里忍受疼痛，还躺在病床上。我说过多少次，我最不希望听到的词就是'造伪'。"

"梅——"

"造伪，"她像吐出变味的碎骨一般，一个音节加一个音节说出这个词。"这是语言中最丑陋的一个词。"

"也许你真正想说的是，你永远不想见到我这个人？"

"那不是我要说的，也不是我所想的。"

我停了一会儿，接着说道："假如生活能够重来一次，我一生中最需要放弃的一件事就是撕掉魔鬼与我签订的剧本合同，即抛弃吸引我注意力的书籍、手迹擦、书稿和造伪手艺。"

"纯粹是胡扯。你可以对书籍怀有巨大的兴趣，也可讨厌造假。据我所知，很多人都是这样做的。"

"你能，别人也能，我却不能。不过，"我努力将受伤的绷带固定好后说道，"我就是这么学的，把最难的变成有可能的方法。"

我能够从她的眼神中读出（假如那是一本书的话）她在想些什么。不，那是我哥哥亚当，他在学把最难的变成有可能的方法。很幸运，她没有接着往下说。她伸出双手，把我的左手握住。我知道我和妻子彼此相爱，而这将是一场风暴化为乌有的前兆。

"我们订一个协议，"我说道。"把那个词从我们的词汇中删掉。"

"哪个词？"她问道，脸上尽量显出毫不在意的神情。

我笑了。我深深地希望我能将协议一以贯之。

圣诞节又一次来临。

在这个圣洁欢乐的季节，纽约热闹非凡。一场新雪遮盖了这个城市的喧嚣。我想起了童年时代的欢乐时光。父亲用雪橇推着我，沿着尚未开铲雪堆的街心往下滑行。

讨人喜欢的妮可现在已经五岁了。她和梅根一样给我的生活带来欢乐。她们都是我继续生活下去的原动力。斯莱德的入侵使我致残，也使我们在肯梅尔的温馨小屋自墙壁、地板到窗户损毁得面目全非，甚至连精心装饰的婴儿房也遭到破坏。很明显，我的安保系统最终成了一个无效的摆设。现实开了一个很坏的玩笑。我曾经寄以甜蜜梦想的爱克勒斯古旧的范德库克打样机完全失去了我所期望的光泽。出院之后，我和梅根都认为再也不能在肯梅尔的凶杀现场生活了，或许蒙多克更适合我们居住。就这样，我们回到了美国，在那里继续我的身体康复生活。二月，梅根在美国家乡生下了一个健康的小女婴。我们在离梅根过去的书屋几个街区的托普金斯广场附近一个著名老社区租了套用楼梯上下的公寓房。我们对小女婴宠爱有加。很幸运，我们仍然还有足够的储蓄来继续我们的户外吃喝玩乐的生活方式。这种方式并不会影响我在亚迪科斯那里的存款。亚迪科斯寄来可观但未加说明的现金支票（这也意味着亚迪科斯已经完全可以用卖书的钱来抵充任何债务，包括真实的或者我臆想的债务，条件只是保持双方都有益的缄默）。

我们入住新居已经几周了。在小宝贝吃完喝完进入了令人羡慕的梦乡之后，我和梅根悄然无声但疯狂地做爱，这是一种几乎宗教交流的灵肉交媾，她在抽搐中进入了欢愉的高潮。她悄声对我说了一句我爱你，然后离开我的身体迅速入睡了。我躺在床上，心跳在变缓，半只手的手臂搭在妻子的身上，期盼着在睡梦中尽享天乐之乐。但是，失眠使我辗转难眠，我又一次陷入我的夜静思。晚餐的时候，亚当的名字出乎意料地成为话题。梅根说，亚当在这个世界上有一个最甜蜜的侄女，他不能活着成为她的伯父真是个罪过，梅根为此懊恼不已。幸好，那只是略微提及，而不是沉闷的对话。但是，这对我来说无异是深绿色的砒霜。很明显，这种暗示在为他招魂，死去的亚当，书呆子气的鬼魂。我从梅根身边转过身体，目光呆滞地望着已经灭灯的房子。多少年来，我不断地推演亚当被谋杀的那天夜晚，这已经成了我的病态思维。我会引火烧身，重蹈覆辙吗？我对自己说，这可能是我的最后一次机会。最后一次，我对自己提出要求。

我都做了些什么？现在，所发生的事情的真相进入了日渐淡忘的过去，我不能确定我的想象是否美化了事态，抑或忽略又或者修改和矫正了这些事情。

我没有经过太多的事先考虑，只是由于我不能完全理解的愤怒使然。那天，我把车停在一个维修铺（西区一个按月付租的廉价户外停车场，一个由刺网围起来的维修铺），告诉漫不经心的店铺伙计，我过几天来把车开走。我还告诉他，我的车需要做一些维修。这车并非不寻常之物，是一辆方正有矩的老沃尔沃，看上去就是一个（某些小孩热衷在平地上玩的击打游戏的）火柴盒玩具。虽然是一款有些年头的旧车，但还不至于列入古董车行列。这辆浅灰色的车是父亲的遗物，我平时很少开，但也不会把它转手。这辆车需要维修保养。维修要到日落公园附近的维修铺。我之所以选择在这种地方去修车，是因为可以现金交易，而且是私底下交易，就像在地下操作的私下交易。检查完这辆车的刹车和变速箱后，他们认为一切都完好，商讨过程也很顺利。不过，我还是给了维修铺的老板一些打赏。公开行贿是人之常情。我给他付了五百美元的维修费用，然后问他我能不能把车在这里存放几天。

"就停在车库附近，我不想让它停在街上，"我稍带紧张地解释道。这明显是谎言。

老板抬眼望了望沃尔沃，然后缓慢地转头和我对眼。他耸耸肩，似乎是对我说，喂，你开玩笑吧，谁也不会偷这辆破车的。

"我保证就在这里停几天。"

他停了一会儿接着说道："不让别人看到吗？那就再来五百。"

"远离人们视线最好。但在此期间我可能要使用一次，所以你要提供一条通道给我。"

我们简单讨论了一下细节，然后握手成交。那场面严肃得有点像白痴，承诺得有点堕落的感觉。我们就像什么也没有发生过把合同封存起来。确实没有发生过什么事。我至今还记得他涨红的痘疮脸腮和英俊、富于表情的细眼。他成家了吗？他准保成家了，也一定是个不忠诚的丈夫和极易宽衣解带的男人。

那天晚上，我和梅根安静地吃了晚饭。又一次，我要找一个欺骗自己的理由，我想当然地寻找一个理由，假设这是值得我们记住的一个有趣的晚餐。我们开了一瓶质地极佳的梅乐红葡萄酒，一起享用 T 骨牛排、奶油菠菜和面包屑裹炸土豆。晚餐后，我们回到梅根的住所（亚当在世的那段时间，这里是我们惯常幽会的一个临时公寓住房）。做爱后，我们如同一对小猫似的睡着了。这种场景有点怪异，温暖而又熟悉。早上，我起来煮了咖啡。满头赤发和嘴唇惨白的梅根睡眼朦胧地从梦想走进了现实世界，从休眠转向知性，美得令人叹为观止。我感觉到，凝视着她大梦初醒的神态，我找不到可以形容的词汇，一种爱的冲击波，一种感情的冲击波，一种赏析的冲击波。

那天早上，我们的对话一如平常。

"今天你打算怎么安排？"

"工作日，工作日，"她回答道。"无甚特别。你呢？"

"我也一样，"我谎称道。

"那么，我们晚上再见？"她问道。

"听你的，"我说道。"出去吃饭还是自己煮？你认为怎样好呢？"

"还是自己煮吧。在你住的地方好吗？但是我得提醒你，晚上我要参加市中心的一个作品鉴赏会，所有不能在你的住所过夜。"

我皱了皱眉头说道："随你吧，没有问题。"

我们已经有了嫌隙，我得保持无声的争辩，保持牢固的、简单的关系，事关她的兄长，那个首屈一指、不劳而获的二流造伪兄长。他甚至不值得称之为"造伪者"，充其量只是一个浅尝辄止、流于形式的涂鸦者，一个由亨利·斯莱德操纵下跳舞的提线木偶。这个死人做尽了一切来破坏我们的关系。

我是怎么了解这些的呢？很简单，是从他给梅根的信中明了一切的。这个亚当·迪尔，尽管坏事做尽，我还是欣赏他的纸笔活。而梅根呢，她自然相信他的男朋友不会偷窥她的私人来往的信件，所以也从来不会把这些信件藏匿以避开偷窥的眼睛，我的眼睛。

这是在我的汽车做大修之前几周发生的事。

美姬：谢谢你给我五百美元付清了燃气电力公司的账单，也使我从另一个债权人那里脱困。你是我最好的妹妹。祝你的书屋生意兴隆。我是否可以问你一个迫切的问题？我没有胆量当面问你，我知道你十分喜欢你约会的那个家伙。可是，你真的了解你正在约会的那个家伙吗？你能确定他各方面都向好发展吗？没问题，我在为你密切观察呢。有一群人对他尊敬、

欣赏有加，我的一个朋友却持有不同看法。天晓得。这只是我的猜想。爱你，亚当

据我所知，那个朋友一定是亨利·斯莱德，关乎我名誉的负面影响应该是从他们结识的时候形成的。从来也没有一位珍本书的交易商会对我有一丝怀疑。他们出售的每一本经我手出去的书，我都会保证材料来源。假如有疑问的话，我会保证全价赎回，而且不加追问。书籍交易和其他行业一样，声誉说明了一切。世界上一切事务一贯执行的就是这么一条准则。外交握手或许意味着挑起一场战争。

我并不喜欢这个亚当，但我知道他现在处于危险之中。我这么说一点也不是危言耸听。他不仅仅会使我失去爱我和我爱的除母亲之外的女人，我亲爱的梅根。更有甚者，正是这个毫无希望的绊脚石和他存疑的签名以及白痴的信函把警察引到我的门前。而且我也坚信，他的所作所为威胁着我的初恋和我的生活方式以及我的造伪事业。仇恨这个词已经不足于用来形容我的感受了。令人讨厌、恶心，令人不屑一顾。只要给我一本同义词词典，我会在每一页上都写上厌恶的同义词来形容亚当·迪尔，命中注定会难逃一劫的生瓜。我对他的仇恨感觉他却一无所知，一如穷酸侦探离奇的现场记录上所描述的。在那个致命的夜晚，大约十点钟的时候，梅根离开我的寓所回她的住处，我起身穿上衣服，像往常那样给梅根家里打电话，想

问是否平安到家，然后我就出去了。我要确定邻居们都没有离开公寓楼。公寓大堂空无一人（假如我碰到我认识的人，我的计划就会遭到破坏）。我抢上去往日落广场的地铁。在地铁上，我装成气喘吁吁的样子，脸贴胸地低下头，目的是为了防止好奇的人看见我的脸。为了掩饰自己，以防有人注视，我戴上一顶门房的帽子，双手插在大衣口袋里。维修铺的老板信守了他的诺言，把开启车库的钥匙藏在了他告诉我的地方。车库周边一片死寂，我乘着夜幕溜了进去，肯定没有人会发现我。

车开出去之后的每时每刻我都像做梦一般，每一分钟我都像意识全无，头脑一片空白，犹如描述中的空洞无物，看不到眼前的一切，也听不到任何声响（一定会有响声），没有尖叫，任何声音也没有，唯有我用一个硬物重击的碰撞声音。我用擀面杖足以把他打晕。此时此刻，坐在书桌旁边的他并没有注意到有入侵者进入了他的别墅。我本想砍断他一只手，但不知道那一只是他用来书写的手，只好用他的斧子（这是梅根和他们的父母装修厨房时使用过的。他们都是厨艺爱好者，我的女朋友因此产生了收集和向别人介绍烹饪书籍的热情），把两只手都卸下来。作为父亲几百本藏书中有犯罪行为学书籍的学生，我自然知道作案要戴上手套，要套上一次性鞋套，尽可能悄无声息地以最快的速度完成使命，然后在夜幕的掩护下离开别墅。我带着血迹斑斑的手套，和为此行专门准备的厚实塑料袋，装起血淋淋的双手走到车前。难得的好运气眷顾于我。

此时，天上开始洋洋洒洒地飘起了雪花。我赶在天亮前到达车库，把车重新停回修理铺。随后，我回家冲澡，然后等候梅根的电话。至于那些卸下来的手，处理起来实在是容易不过的事。我把它们一节一节地、一块一块地肢解，用卫生纸分开包裹，从容地放进马桶冲走。

我用迪尔的牙齿为媒介，把洗碗布充当临时绷带绑在亚当的残肢上，以免他失血过多死去。这种场景令人难以忘怀，也使人心惊胆战。即使他能够活过来，也不会有足够的证据指控我，因为在整个过程中，他就没有抬起眼睛看见过我。就事件和作案目的而言，我压根就没在那里出现过。

在我的想象中，迪尔在半昏迷状态下，疯狂地四处乱动，情急之下和入侵者殊死搏斗。入侵者在杀人之后，跌跌撞撞地穿过四处抛散的书籍，穿行中不慎把家具撞倒。他故意制造现场，使线索若隐若现，以此来困扰当局，使之出丑，使之陷入困境。

电话铃响了。此刻，失去亲人的梅根在托普金斯广场给我打来电话，电话亭外传来学校儿童欢快的声音。听到梅根的声音之后，我的第一句话就是："他现在哪里？"我十分清楚，这是我漫长旅途的第一步，我对亚当·迪尔的事情了解得越少，我就能把他从我的潜意识中留下越少的痕迹。梅根的死鬼兄长是我深恶痛绝的人。他挡在我和我最珍惜的人之间，他给自己带来小小的毁灭，我对防止他可怜的结局却无能为力。

　　那已经是寒冷冬天的中段了，今天是冬至，初雪开始从迟暮的蓝天上飘落而下。此时此刻，梅根和妮可正在洛克菲勒大厦观赏圣诞树和欣赏溜冰和花式表演，我则孤零零地坐在东区寓所的餐桌旁边。我出乎意料地想起了那个不眠之夜，简单地回顾了迪尔的最后时光，将造伪者能够容忍的不完全记忆尽量校准，做到与事实吻合。我感到如释重负，因为我恪守了自己的诺言，不再追想那些黑暗岁月。我知道，拒绝思考那些邪恶的合同并不能使一个人得到宽恕，但是它会给人们带来释怀和解脱，为此我心怀感激。

　　梅根和妮可很快就回来了。我先给妮可冲一杯可可奶作为预热，然后开始父女之间的循例书法课。这是她同名祖母当年和我做过的事。很可惜，她没有见过她的祖母，向祖母学习字母结构和词的流畅书写。祖母是我永远望尘莫及的老师。从我作为一个客观的专家角度而不是作为一个父亲的角度上来说，很可惜的是，年轻的妮可正在浪费她的天赋。她天生聪颖，是一块待雕琢的璞玉。假如你给她纸和笔，她的前途不可估量。我在妮可这种年龄甚至更大一些的时候，母亲曾经为我所画的密圈惊叹不已，而当年我所画的还不如女儿现在画的完美。她把这些圆圈画得宛如呼吸的平缓，绵延不断。在她十六岁生日之时，我决定把我从父亲那里继承下来的亚瑟·柯南道尔的钢笔传给我们家族的第三代作为她的护身符。当年，我父亲就是把它作为护身符传给我的。

　　至于她以后会如何应用她的书法技艺，我不得而知，也不好说。或许，将来她会成为一个画家，布景设计师。又或者，将来她所从事的事业与书法毫不相干，或许她成长之后，在她的寻梦之旅中与她所学所为的书法技艺毫无关联。某一个人，很可能是她将来最好的朋友、情人，又或者是她的配偶，将会从她在餐厅账单或者普通的购物单上的签名，注意到她的天赋并且发出评论："嗨，妮可，你的手书是我见到过的最棒的书法。"我想做一种假设，如果那愤怒的影子没有追上我，而是吞噬了摆脱影子的人，妮可会自豪地说："这是我年轻的时候，父亲教给我的。"到那个时候，她一定会想起我，一个如今需要静心回顾的人，一个在她心中无限热爱的人。

致谢

　　二十几岁的时候，我在珍本书界做过图书交易商，后来又成为一个书籍收藏者。多年来，我和难计其数的书商们、特种藏书界的图书馆员们以及收藏研究者们成为了朋友，尤其是科罗拉多州博尔德市的思达其豪斯第二书店的李察·施瓦茨，是他们激发了我对这一行最早的兴趣。我向所有这些书界的朋友学到了许多知识。我想特别强调的是，绝大多数的书商和书藏家最显著的特点是他们的坦诚，既有知识的活力，又富于机敏和聪慧。他们从来没有从事过像这部小说里所描写的那种黑市交易。

　　我特别要感谢三位书人如尼古拉·巴斯巴尼斯，汤姆·康加尔敦以及詹姆士·杰斐。他们专门抽出时间为我解读手稿，并对珍本书籍和手稿这个错综复杂的圈子提供了专家见解。我也借此机会感谢格拉芙·亚特兰提克公司的摩根·因特里津，彼特·布拉克斯多克，迪博·西格尔以及奥力逊·马勒查，感谢他们从一开始就对本书给予关注。我的朋友道格拉斯·穆尔，尼克·奈恩，埃米尔·莱恩，海怡·阿巴迪，托马斯·约翰逊以及彼得·斯特劳博对我正在写作中的书稿提供了颇有见地的评论。我还要感谢亨利·邓诺维，一位不仅仅是顶级的代理商，同时也是一位我有幸与之合作的严肃尖锐的读者。对以上各位，我发自内心地表示感谢。我还要感谢卡拉·施勒辛格和我的编辑奥托－潘斯拉，感谢他们在各个方面给予我的支持，他们对我的鼓励不是仅语言可以表达的。

译后絮语

　　四校其稿。终于在 2016 年年末将《造伪冤家》（*The Forgers*）翻译完了。译作能否通过编辑的审阅，又是否能入读者法眼，我心惴惴。

　　明知翻译小说是一个苦差事，为了不负新华出版社的郑重嘱托，还是应承下来了。记得在动笔之初，内子曾经调侃道，按翻译合同，1000 字也就 90 大圆，爬格子一日几千字，莫不如上两节课来得轻松。就稿费而言，的确如此。若以此为生计者，此调侃应该化为同情，呜呼。在物价涨幅经年攀升之时，翻译出版稿费制度则十几年一成不变，我想这也是出版社不愿意看到的。我应该不在此列，因为我视文学翻译为我等此行学人之必修功课。假若能通过拙笔向英美文学爱好者奉献一部优秀文学翻译作品，又何乐而不为呢？

　　当然，我对翻译作品是有选择的。记得前年新华出版社的编辑嘱托我翻译《天堂的小鸟》之时，我说我对原著的时代背景，作品中描述的区域"太熟悉了。小说恍惚把我重新带进了它所描述的意境……当出版社委托我翻译美国当代畅销小说《天堂的小鸟》(*Little Bird of the Heaven*), 我欣然应命。"(见该书《译后记》)。这一次，同样是我熟悉的区域，原著吸引我的却是国内读者并不多见的故事内容（至少是以译者孤陋寡闻的视野而言）。小说描写的是珍本文献收藏界的趣闻轶事以及虚构的收藏界鲜为外行人所知的造假黑幕。想到近一二十年，国内文玩界造假事件层出不穷，这部小说因此引起了我的兴趣，再加上我对小说主人翁的另类欣赏，我决定把它翻译出来。不能说我欣赏主人翁的造假行为。他自幼接受良好家庭熏陶，通过非比寻常的刻苦努力获得丰富学识的精神使我感动。他对造伪行当一丝不苟的精神（用他自己的话说，这个行当是精益求精至一丝一发的艺术）也从反面给我们提供了对于包括学术在内的职业素养。我们现阶段学术界乃至整个社会出现的浮躁难道不应该从中悟出一点道理来吗？作者通过深入藏书交易界的亲身体会，展现出对文献收藏的博学广识尤为令人钦佩。因此，我不厌其烦地将小说中列举的十九世纪和二十世纪乃至更远年代的文学艺术家典故收为注解，希望能给读者一些了解。

翻译之难，林语堂先生以"信达雅"一言蔽之。所谓"信"，应该是对原文母语理解准确，包括用词、词序、语境、词组、短语，甚至最容易为人忽略的语气助词（如 Well、Yes 之类，别人我不知道，于我，这是最难准确翻译的）等等。我在英语（尤其是美式英语）环境中浸润了很多年头，一度曾将之作为教学之外的工作语言。在翻译过程中，我的案头就摆着大大小小不下 10 种词典和参考书，仍然时不时要反复揣摩，甚至在翻译了一大段之后推倒重来，无非就是为了一个"信"。还有就是老生常谈的"Cultural shock"。如果你对原文所在的社会环境、生活习惯有较为深刻的了解，在某种意义上，"信"就可以事半功倍。至于"达"，更是考人功夫。你既要熟悉原文，注意原文所在地域的表达习惯，既不能硬译，生涩如牛奶路之类（其实也未尝不可），又要兼顾中文表达习惯，遣词用句尽量与中文相对应。窃以为，有些尽显原文神韵的也不一定如此，比如小说中的 Proverbial third wheel，我就直接翻译成第三只轮胎，但为了使中文读者理解，我采用了脚注形式——意指碍手碍脚的电灯泡。当然，要做到"达"，还要求译者对两种语言熟悉和掌握得当，按照中文习惯对原文词句做次序上的适当调整，使之阅读通顺、流畅。至于"雅"，则要求用词文雅，对段落中涉及色情、暴力的部分做一些符合社会、道德要求的修饰，对非有不可的温情描述，亦可以处理得显而不露。难吧？这仅仅是译者的一孔之见。

翻译完了，是好是坏，唯待方家指谬。

陈腾华

二〇一七年八月